Berlin ist der Protagonist in Björn Kuhligks Alltagsbeobachtungen, die er zwischen Lankwitz und Spandau, zwischen Müggel- und Schlachtensee macht. Kuhligk läuft mit seinen Kindern durch die Stadt, fährt Taxi, besucht Kneipen und entdeckt die Berliner Stadtmusikanten. In seinen Reportagen begleitet er Zeitungszusteller, 1.-Mai-Demonstranten, und nicht zuletzt beschreibt er die Veränderungen einer Ostberliner Arbeiterkneipe.

Kuhligk schildert den U-Bahn-Bettler, der seit Jahren von Astronautennahrung lebt, schwere Melancholiker, die musizieren, und Lars Eidinger, der Theaterbesucher anpöbelt. Er erzählt von spätpubertierenden Hipstern in Mitte, einer unsicheren Malerin in ihrem Atelier, einem Besuch im Bürgeramt, einem Kleinverleger, der mit 100 Bücherkisten umzieht, dem Bambus-Gott im Zoo und zwei Mädchen, die beim Klauen erwischt wurden.

Björn Kuhligk wurde 1975 in Berlin geboren. Er schreibt Lyrik und Prosa und veröffentlichte mehrere Bücher sowie Beiträge in zahlreichen Anthologien. 1997 gewann er den Open Mike der Literaturwerkstatt Berlin, 2007 erhielt er das Arbeitsstipendium der Stiftung Preußische Seehandlung, im Jahr darauf das Arbeitsstipendium des Berliner Senats. 2013 erhielt er den Kunstpreis Literatur von Lotto Brandenburg.

Zuletzt erschienen: »Von der Oberfläche der Erde« (2009), »Bodenpersonal« (2010), »Die Stille zwischen null und eins« (2013) und »Wir sind jetzt hier. Neue Wanderungen durch die Mark Brandenburg« (2014, gemeinsam mit Tom Schulz).

Inhalt

Morgens vor Karstadt

Samstag, es ist zehn vor zehn. Ich warte mit der Tochter vor den Toren von Karstadt am Hermannplatz. Der Sohn braucht dringend eine Regenjacke für die anstehende Kindergartenfahrt ins Brandenburgische. Wir sind sozial eingebunden: eine türkische Frau mit vier Kindern, die immer wieder »tamam«, einverstanden, zu ihrem kleinsten, an der noch leeren Einkaufstasche zuppelnden Jungen sagt, ein schmaler, geduckter Mann, dessen Gesicht wie eine Implosion aussieht, einige, die nicht auffallen. Und weil das noch nicht genug ist, kommt noch eine Psychose hinzu, die wild gestikulierend mit flatternden Armen um mich herumhampelt.

Währenddessen hat sich die Tochter einem Hund genähert, der links des Tores neben seiner Eigentümerin auf dem Boden liegt und alle fünf Sekunden die Augen öffnet.

Die Tochter ist entzückt: »Papa, Hund aufdewacht! Papa, Hund schlaft, Hund mude! Papa, Hund aufdewacht!«

Als meine Aufmerksamkeit zu bröckeln beginnt – die Psychose macht immer weiter –, variiert die Tochter und wird lauter: »PAPA, GUCK, HUND AUFDEWACHT, GUCK!«

Dieser verdammte Hund.

Endlich öffnet sich wie von Götterhand das Tor. In dem Gedränge fällt meine Tasche herunter, der Inhalt verteilt sich auf dem Boden. Während ich alles wieder zusammensammle, sieht sich die Tochter interessiert den an Drehsäulen ausgestellten Schmuck an.

Zu Hause sagt der Sohn: »Mann, Papa, ich wollte eine in Rot!«

»Du weißt gar nicht«, sage ich leicht entnervt, »was ich alles durchgemacht habe, um überhaupt eine Regenjacke zu bekommen!« Ich besinne mich und sage: »Ja, sie ist hellblau und nicht rot, es gab keine Rote. Aber solltet ihr auf eurer Fahrt auf die Pirsch gehen, so ist das eine bessere Tarnung als Rot, oder hast du schon mal einen Jäger in einer roten Regenjacke gesehen?«

Das versteht der Sohn sofort.

Das Streicheln der Stirn

Der Bekannte, dem ich beim allgemeinen Aufbruch in dem Café die Hand gebe, sieht schlecht aus. Seine Freundin hätte sich, so wurde geflüstert, ein viertes Mal von ihm getrennt. Wir laufen alle zusammen, der Bekannte wird in die Mitte genommen, bis zur Weltzeituhr und verabschieden uns ein weiteres Mal.

Im U-Bahnhof Alexanderplatz stehen drei Typen im Abstand von je zwei Metern in einer Reihe. Alle haben Stöpsel in den Ohren. Weiße Kabel führen in ihre Hosentaschen. Eine Frau sitzt auf der Wartebank, liest Zeitung und hibbelt mit den Beinen. Eine andere, zwischen großem Mädchen und erwachsen, mit ohrumschließenden Kopfhörern, steht an einem der Tische des Bahnsteig-Bistros, lässt ihr Telefon zwischen Daumen und Zeigefinger Kreise drehen und starrt ins Leere. Sie trägt eine löchrige Jeans, Chucks und eine rote Lederjacke, wie Michael Jackson sie in einem seiner Musikvideos trug. Unter ihrem linken Auge eine 50-Cent-große Rötung, die fast aussieht, als hätte jemand zugeschlagen. Die Anzeige beginnt zu blinken, die Bahn fährt ein.

Sie kommt auf mich zu und sagt: »Ich finde das scheiße hier. Kannst du mir eine Kippe geben?«

Sie erzählt von ihrem Hund, der ihren anderen Hund angefallen hätte. Der verletzte Hund sei nun beim Tierarzt und der, der angegriffen habe, bei Freunden untergebracht. Sie könne jetzt nicht da sein für sie. Sie weint.

Ich fasse unbeholfen an ihre Schulter und sage, sie solle jetzt schlafen gehen und sich morgen darum kümmern.

Wir rauchen eine Zigarette zusammen, sie hustet ein paar Mal.

In der U-Bahn sitze ich einer Frau gegenüber, die bis zum Herrmannplatz einen Strauß weißer Blumen in der linken Hand hält, ein fester Griff, als könnte sie sich notfalls damit verteidigen. Leise summt sie das Adagio von Max Bruchs erstem Violinkonzert und streichelt, zu dem Strauß gebeugt, ihre Stirn mit den Blüten.

Noch eins?

Wir sehen uns rechtzeitig. Wir schlenkern, rechts, links, in gespiegelten Bewegungen kommen wir uns immer näher. Beide sehen wir ein wenig erstaunt aus, weil es dem anderen nicht gelingt, aus dieser magnetischen Anziehung auszubrechen. Dann knallen wir mit den Fahrrädern gegeneinander. Ich habe ihn manchmal morgens gesehen. Er kam mir dann, wie ich ihm, müde entgegen, oft hielt er, einhändig lenkend, einen Kaffeebecher in der Hand. Ich falle nach rechts, er nach links. Die Räder, an denen Kindersitze befestigt sind, überschlagen sich. Wir rappeln uns auf, sehen einander verblüfft an. Nein, Helme tragen wir nicht, obgleich auch er ein Vater ist. Helme sehen bei Erwachsenen, wenn sie keinen Sport machen, schlichtweg lächerlich aus, und lächerlich ist es eh schon, zu dieser Uhrzeit mit einem Kindersitz unterwegs zu sein. Wie durch ein Wunder sind wir unverletzt, nicht eine einzige Schramme ist entstanden.

Er zeigt auf den Spätkauf, vor dem wir stehen, und fragt: »Bier?«

»Warum nicht«, sage ich.

Wir setzen uns neben den Laden in einen Hauseingang und starren auf die leere Straße.

»Wie heißt du eigentlich?«, frage ich.

»Keine Lust zu reden«, sagt er.

Wir trinken und starren. Ein Zeitungszusteller hastet hinter seinem Wagen an uns vorüber, in der Linken hält er vier monströse Schlüsselbünde. Dann passiert lange nichts, dann kommt ein Nachtbus, dann brüllt in weiter Ferne irgendwer irgendwas, dann flitzt ein Marder über die Straße, dann wieder nichts.

»Wie alt ist deins?«, fragt er nach einer Weile und zeigt auf den Sitz.

»Zwei«, sage ich.

»Meins auch«, sagt er.

»Noch eins?«

»Nee, eins reicht mir!«

»Ich meine Bier!«

Wir lachen, dann nickt er. Wir sitzen und starren.

Als ich ausgetrunken habe, sage ich: »Wir sehen uns!«, setze mich wieder aufs Rad und fahre los. Das Licht funktioniert nicht mehr.

Zähne zeigen

F. wohnt in Friedenau. Ich war vor fünf Jahren des Öfteren hier, weil die göttinnengleiche Zahnärztin meines Vertrauens einiges bei mir zu tun hatte. Ich lief durch das Viertel, zerrüttet von Angst und Zuversicht.

Als dann alles, wie man bei Zähnen sagt, gerichtet war, gehörte Friedenau zu den Orten meines Herzens, ein Bewältigungsort.

F. zog mit Frau und Kind von Neukölln hierher, weil die drei es leid waren, nachts von Disputen aller Art aus dem Schlaf zu schrecken und morgens auf Patronenhülsen, die einem dreijährigen Kind nicht mehr vermittelbar waren, zu treten.

Wir treffen uns am S-Bahnhof Feuerbachstraße. In den ausgehenden Achtzigern habe ich wohl zusammengerechnet mehrere Tage an dieser Stelle gestanden und auf den 2er, der jetzt ein 182er ist, gewartet. Wir setzen uns draußen vor die Bahnhofskneipe und beobachten die Wolken, die wie Rubens Frauen aussehen.

Das Gewitter, sagt F., er hätte das im Internet nachgeschaut, würde nur im Norden stattfinden. Ich bin enttäuscht. Ich mag Gewitter, ich mag diese Entladung.

Ich las am Nachmittag, ebenfalls im Netz, dass irgendwo ein Motorradfahrer von einem Blitz getroffen worden sei, die Kontrolle verloren habe, auf die Gegenrichtung geraten und von einem Auto weggebombt worden sei.

»So was will ich nicht wissen«, sagt F. und nickt Richtung Straße.

Ein Pulk Mädchen mit offenen Weinflaschen stiefelt in den Bahnhof, setzt sich in die Bahn und wird nach Mitte abgeschossen. Dann kommt ein Typ, nur die unteren beiden Knöpfe halten sein fliederfarbenes Hemd zusammen. Er trägt eine verspiegelte Sonnenbrille, groß wie beide Hirnlappen. Er grinst in unsere Richtung – der zeigt uns schlichtweg die Zähne, die so makellos, die so unglaublich schön sind. Will der was, oder was?

Und dann beginnt es, in den Weißwein von F. zu nieseln.

Lankwitz, wirklich

Im Roxy steht plötzlich ein Typ hinter mir, sagt nichts und schaut mir über die Schulter, wie ich auf dem Netbook schreibe. Dann unterbricht er mich: »Entschuldigung, bitte!«

»Schon okay«, sage ich.

»Ich kenne dich«, sagt er mit rasselnder Stimme. Der raucht Kette, denke ich sofort und sehe dann eine Zigarette in seiner Linken.

»Ich wohne hier um die Ecke«, sage ich.

»Du hast zwei Kinder, dein Sohn kann Fahrrad fahren, deine Tochter läuft jetzt, ihr wohnt da drüben, ich kenne dich schon sehr lange, seit 20 Jahren, sag' ich mal, du bist früher so ein Ding gefahren, mit Rollen drunter, da steht man drauf und fährt, Halfpipe heißt das, glaube ich.«

»Ja«, sage ich, »Skateboard.«

»Genau«, sagt er.

»Kennen wir uns?«, frage ich unsicher.

»Ich lebe hier schon so lange, ich beobachte alle, das mache ich nicht absichtlich, ich sitze hier im Café, und dann kommt ihr hier alle vorbei, zu Edeka, in die Hasenheide.«

Ich sage: »Sie irren sich, ich bin in Lankwitz aufgewachsen.«

»Nein«, sagt er, »kann nicht sein, ich kenne dich!«

»Ich wohne erst seit sechs Jahren hier.«

Er stutzt.

Ich sage – völlig bescheuert –, dass ich das genau wisse. Er verneint vehement. Ich frage genervt, ob ich vielleicht so aussähe, als wüsste ich das nicht, als ob ich irgendeine Störung aufweisen würde.

Er tritt einen Schritt zurück, sieht mich eine Weile sehr ernst an und zieht an seiner Zigarette.

Ich sage: »Lankwitz, wirklich, glauben Sie mir!«

Er nickt, eine Verwechslung, sagt er, und ich, dass ich das nett fände, ein Doppelgänger, der vor 20 Jahren so aussah wie ich vor 20 Jahren.

Er streichelt mir über die Schulter. »Ich wollte nicht unterbrechen, tut mir leid, mach weiter!«

Ich sage: »Ja, das ist mir hier schon mal gesagt worden.«

»Ja«, sagt er, »ein guter Laden, hier muss man weitermachen«, zündet mit der heruntergerauchten Zigarette eine neue an.

Der große Romantiker

Ich denke an A., die nun durch den Harz läuft. Wahrscheinlich bekommt sie Regen auf den Kopf. Sie ist mit einem Zelt unterwegs und will sich für ein paar Tage mit einem Bekannten treffen. Vielleicht kann der was gegen den Regen machen, aber das können Bekannte nur selten.

Als ich mit ihr vor ein paar Tagen gegen 20 Uhr die Alte Nationalgalerie betrat, trug sie eine weiße Trekkinghose und ein lilafarbenes Oberteil, sie sah fantastisch aus. Aber dann dachte ich, Trekking und weiße Hose, das schließt sich aus, das ist eigentlich dermaßen bescheuert. Sie sah nur noch großartig aus.

Wir kauften Eintrittskarten und packten unsere Sachen in ein Schließfach. Bei dem Kontrolleur stellte A. fest, dass sie ihre Karte nicht mehr hatte. Sie prüfte die Taschen ihrer Hose. Wir gingen zurück zu den Schließfächern und fragten die Frau, die die Garderobe annahm, ob wir vielleicht eine Karte vergessen hätten.

»Nein, tut mir leid«, sagte sie nett, und ihr Blick sagte: Ihr Deppen, ich kenne euch, ihr seid hier jeden Tag im Rudel unterwegs.

Wir öffneten das Fach, suchten alles ab, dann fand A. die Karte doch noch in einer ihrer Hosentaschen.

Wir liefen herum und ließen uns durch die Räume treiben. Im dritten Stock gingen wir den rechten Gang entlang, bis sich links davon ein größerer Raum öffnete.

Ich sagte: »Jetzt kommt's, komm rüber«, und zog sie, am Unterarm haltend, zum großen Romantiker.

Da standen wir dann voller Ehrfurcht vor einem Bild und schwiegen und freuten uns und rückten näher zueinander.

Dann sagte A.: »Sag mal, das ist ja Schinkel.«

»Ja«, sagte ich, nach einem kurzen Blick auf das Schild, »das ist Schinkel.« Verflixt, ich hatte zu sehr auf die Trekkinghose geachtet.

Wir gingen einen Raum weiter zu Friedrich und sahen lange auf den von Möwen umkreisten Mönch am Meer, und dann fragte sie: »Bist du gerade am Meer oder im Harz?«

Und ich nickte.

Vergiss den Panda

Wir saßen in der Nähe des Schleusenkrugs im Tiergarten am Kanal und beobachteten die Ausflugsschiffe, die nahezu lautlos an uns vorüberglitten. Nach einer Weile kam ein überfüllter, mit Lichtern behangener Partydampfer mit Anzugträgern.

»Bei so was habe ich auch mal gearbeitet«, sagte A., »guck dir das mal an, zwei Prozent Frauen, und die Männer können nicht reden, kein Networking, kein Small Talk, die reden einfach nicht!«

Die angeheuerte Musikkapelle, die ausschließlich aus Männern bestand, trug Strohhut und pausierte gerade.

Dann waren wir plötzlich in einer Win-win-Situation. Das Licht durfte ausgehen, das Dunkel war dran, es wurde kühl. Auf der anderen Seite des Kanals veranstalteten die Vögel in den meterhohen Zoo-Volieren einen Krawall, Seehunde riefen, zwei Reiher flogen fast lautlos über dem Wasser an uns vorüber.

Heute, sagte ich zu A., hätte ich auf den U-Bahn-Monitoren gelesen, dass Bao-Bao, der älteste Panda des Zoos, mit 34 Jahren gestorben sei, und sagte, dass sie und ich und der Panda eigentlich der gleichen Generation angehören würden und dass die Einschläge immer näher kommen würden.

A. machte ein Geräusch mit dem Mund, als würde jemand mit flacher Hand auf einen Quadratmeter Götterspeise schlagen und sagte dann: »So ein Blödsinn, das ist ein Panda!«

»Ja«, sagte ich, »aber den hat mir mein Großvater schon vorgestellt, als wäre er der Anführer einer höheren Ordnung, herrje, das war der Bambus-Gott!«

Ein weiteres Ausflugsschiff, ein Paddelboot, dann eine alternative Angelegenheit, deren Deck aussah, als wäre bei der letzten Brücke ein Mülleimer darüber entleert worden. Das engumschlungene Paar, das zehn Armlängen von uns entfernt lag, begann, leise zu stöhnen.

Ein Trupp erwachsener Kinder flitzte auf Fahrrädern vorbei, und der Anführer brüllte: »Wir sind doch hier nicht im Puff!«

Dann war Stille.

In die Stille sagte A.: »Vergiss den Panda!«

Unter Dealern

Die Frau an der Kasse bei Edeka, wir kennen, wir sehen uns seit Jahren, drückt mir ein weißes Sparschwein in die Hand und sagt: »Für Ihren Großen.«

Ich danke nickend, stecke die Karte ins Gerät und packe derweil den schmalen Einkauf ein. Dann sage ich doch noch: »Danke«, und gehe, die Tochter, die sich die Milchschnitte geschnappt hat, an der Hand ziehend, hinaus.

Sie setzt sich in den Wagen, den ich neben den drei, vier Freiberuflern geparkt habe, die versuchen zu verhökern, was sie irgendwo gefunden haben: zwei Bierkrüge, ein Australien-Bildband, eine Radkappe. Einer von denen steht auf und würgt laut, ein Geräusch, als wäre alles, was unterhalb des Dünndarms vorhanden ist, in Bewegung.

Der Himmel meutert, ein Licht zwischen Naja und Allesvorbei. In der Hasenheide stehen die Kleindealer in ihren lächerlichen Hip-Hop-Klamotten herum und langweilen sich. Einer löffelt Suppe aus einer Plastikschale, ein anderer trinkt Bier und summt vor sich hin, eine Melodie, die an neoromantische Klangformationen erinnert.

Ich schiebe den Wagen, die Tochter singt: »Bruder Jakob, Bruder Jakob«. Der Suppen-Dealer lächelt. Herrje, junge Typen, schnelles Geld, frische Luft. Leichter Regen setzt ein.

Im Mini-Zoo tätschelt die Tochter die Schnauze des Esels. Zwei depressive Rinder, einige Lamas – warum gibt es hier Lamas?

Die erste Chinesin, die den Weltraum erreichen wird, sagte gestern im Fernsehen, sie würde dort oben alle anderen chinesischen Frauen vertreten. Welch eine erschütternde Aufgabe. Auf dem Spielplatz klettert die Tochter herum, als würde sie das nicht betreffen, klaut eine Schaufel und lässt sich eine klauen.

Und dann steht da plötzlich eine Fette und brüllt, als der Platzregen einsetzt, aus Leibeskräften: »Pass ma' uff, Prinzessin, Mutti muss pissen wie 'n Elch, und jetzte Abmarsch!«

Der ernsthafte Trinker

Vor einigen Jahren lief ich durch das Istanbuler Stadtviertel Tophane, weil ich mir ansehen wollte, wo Jörg Fausers Roman »Rohstoff« spielt. Es war irre heiß. Ich hatte mir alles anders vorgestellt, natürlich, und war enttäuscht.

Fausers 25. Todestag. Das Lichtblick-Kino ist rappelvoll. Groß oder größer als klein ist es eh nicht. Zusätzliche Stühle werden aufgestellt. Christoph Rüters Dokumentation wird gezeigt: In der Sendung »Autor-Scooter« wird Fauser von Hellmuth Karasek interviewt, während Jürgen Tomm mit Hilfe von Zuschauerfragen versucht, den Bad Guy zu mimen, was ihm ganz gut gelingt. Fauser sieht aus wie ein Verwaltungsangestellter. Er fummelt hin und wieder an seiner schlecht sitzenden Krawatte herum. Fauser sagte mal, wenn die Literatur nicht bei denen bleibe, die unten seien, dann könne sie gleich als Partyservice anheuern. Da sitzt er also zwischen denen, die nicht unten sind, und erzählt anderen, uns und den Fernsehzuschauern, die auch nicht unten sind, dass Martin Walser einfach einen schlechten Schreibstil hätte. Nun gut.

Eine großartige Szene, als Martin Compart mit großer Sonnenbrille und offensichtlich angetrunken in seiner abgedunkelten Wohnung behauptet, dass Jörg für ihn kein Alkoholiker, sondern, es folgte eine Kunstpause, sondern ein ernsthafter Trinker gewesen sei.

Auf der Kastanienallee sind die Kneipen unsympathisch, für das Schwarzsauer ist es noch zu früh. Wir sind uns einig, dass er, wenn er noch leben würde, nirgendwo Beachtung fände.

In einem Interview sagte Fauser: »Einen Schriftsteller, der nicht gelesen wird, halte ich für eine pathetische und sinnlose Figur.«

Da sitzen wir, T. und ich, zwei Lyriker, auf Klappstühlen mit schalem Bier in der Hand.

Den Job bekommst du!

Ich fuhr mit dem Fahrrad über das Flughafenfeld zu einer Firma nach Tempelhof und wartete gemeinsam mit einem jungen Typen, der vielleicht gerade sein Abitur in der Tasche hatte. Der Typ war sehr aufgeregt, er hibbelte mit dem linken Bein, als wäre gleich der Moment gekommen, eine Tanzfläche zu erobern. Wir saßen im neunten Stock eines Bürogebäudes an einem langen Tisch, der von zwölf ungemütlichen, stapelbaren Stühlen umgeben war. Die Wände makellos weiß, zwei Aktenschränke, der Boden mit rotem Teppich ausgelegt. Der Süden Berlins lag unter uns. Ich starrte verzückt in den Himmel, der drei Viertel der Aussicht einnahm.

Ein Mann kam herein, der Typ nahm sofort Haltung an, ich machte das Gleiche. Wir müssten uns, so bat er, noch einen Moment gedulden, dann wäre Frau Krüger für uns da.

Es vergingen fünfzehn Minuten, während derer ich den Typen fragte, ob er aus Berlin komme, wie alt er sei, und was er ansonsten machen würde. Hannover, genauer ein Vorort, zwanzig, und er würde Physik und Politik auf Lehramt studieren. Er fragte nicht zurück und schwieg, sein linkes Bein hibbelte.

»Den Job bekommst du!«, sagte ich.

Er lächelte nervös und sagte nichts dazu.

Frau Krüger kam und bat mich in ihr Büro. Wir führten ein klassisches Vorstellungsgespräch, warum, warum überhaupt, warum Sie und Ihre Zukunft. Ich sei, sagte Frau Krüger, komplett überqualifiziert.

Ich brauche Geld, sagte ich, und erzählte von drei Kindern und Schulden.

Frau Krüger nickte traurig und sagte, dass sie das sehr gut verstehen würde.

Ich bekam den Job – wie wahrscheinlich jeder, der einigermaßen sprechen und auf zwei Beinen laufen kann. Ich hatte mir in den Kopf gesetzt, Material für einen Roman aus der Perspektive eines Zeitungszustellers zu sammeln.

In der übernächsten Nacht stand ich Punkt drei vor Burger King am Herrmannplatz und stieg in den angekündigten weißen Kastenwagen ein. Der Boden war mit Zeitungsstapeln bedeckt, auf denen fünf Schwarze saßen. Ich stieg ein. Der Wagen fuhr los, der Fahrer holte alles aus der Karre raus, der hatte sicherlich die Blitzermeldungen parat. Nahm er eine Kurve, fielen wir von den Zeitungen gegen die Wände.

Dann hielt er länger, wahrscheinlich an einer Ampel, und einer der Schwarzen sagte: »Wir sind gleich an der Grenze.«

Die anderen grölten los. Der Wagen fuhr an, wir fielen um. Dann hielt der Wagen alle drei, vier Minuten, und einer der Männer stieg aus, bis ich allein mit den Stapeln war. Nach einigen Minuten Fahrt stoppte der Wagen abrupt, ich knallte mit dem Kopf gegen die Wand, und der Mann brüllte: »Endstation!«

Die Tür wurde aufgerissen.

»Hier kannste jetze warten, bis der Herr, na, Dingsda, komm' ick jetze nich' druff. Der hat imma so'n Kapuzenpullover an.« Er hielt inne. »Na jut, allet schick?«

Ich stieg aus und sagte: »Allet schick!«

Er nickte und fuhr weiter.

Es war halb vier. Ich stand 200 Meter von meiner Wohnung entfernt. Nach einer Weile spurtete der Typ in seinem Kapuzenpullover um die Ecke. Er sah mich misstrauisch an.

Ich sagte meinen Namen, und dass ich die nächsten Tage zur Einarbeitung bei ihm mitlaufen solle.

Entgegen meiner Erwartung freute er sich und stellte sich Hände schüttelnd als Jens vor. Dann zog er einen Plastik-Streifen aus seiner Army-Hose, ging zu der Haustür, vor der wir standen, schob ihn oberhalb des Schlosses zwischen Tür und Rahmen und zog ihn, während er mit dem Fuß gegen die Tür drückte, ruckartig nach unten.

»So ein Ding brauchst du auf jeden Fall, wir haben nicht für alle Türen Schlüssel. Mit dem Ding kommst du fast überall rein. Kauf dir 'ne Fanta oder 'ne Coke, Eineinhalb-Liter-Flasche. Keine Ein-Liter-Flaschen. Die Großen sind aus dem richtigen Material. Mit einem Teppichmesser schneidest du dir das raus, muss genau so aussehen!« Er hielt mir den Plastikstreifen viel zu nah vor die Augen.

Im Hausflur lagen die Zeitungspakete.

»Gut«, begann er mit einem belehrenden Tonfall, »da sind die Großpakete, das ist klar, das musst du abgleichen mit dem Zettel hier.« Er zog den Zettel aus dem obersten Packen raus. »Dann guckst du, ob alles da ist, hier, weißte, Junge Welt, BZ, Neues Deutschland, Welt und so was, das liest hier kein Schwein. Hier ist das Buch, das ist wichtig, das musst du kennen, das ist wie 'ne Bibel, guck dir das genau an, wichtig, sehr wichtig!« Er sah mich eindringlich an.

»Okay«, sagte ich, »ich schau' es mir an.«

»Das musst du auswendig kennen!«

»Ich hab's verstanden«, sagte ich.

»Das brauchst du auch!« Er zog ein Teppichmesser aus der Hostentasche, drückte die Klinge heraus und schnitt die Zeitungsstapel auf.

Dann gingen wir auf die Straße und Jens öffnete das Schloss des Zustellwagens, der an einem Laternenmast befestigt war. Er fluchte laut und wischte seine rechte Hand an der Hose ab.

»Da hat wieder ein Hund gegengepisst, scheiße!«

Wir schoben den Wagen in den Hausflur und ordneten die Zeitungen darin, während wir immer wieder die Hausflurbeleuchtung einschalten mussten. Irgendwann riss ich ein paar Seiten aus meinem Notizbuch, faltete sie und steckte sie in die Lücke zwischen Schalter und Schalterhalterung.

Jens hob die Augenbrauen und sagte: »Gut, der Mann!«

Er nahm das Buch, ich lenkte den Wagen. In dem Buch war detailliert verzeichnet, wer welche Zeitung und wohin bekommt. Wir hielten uns daran. Wir stiegen in den fünften Stock eines verwohnten Hinterhauses, das bereits Wilhelm I. erlebt haben dürfte. Wir legten Tageszeitungen auf und unter Fußmatten, lehnten sie gefaltet gegen Hausflurwände. Einer hatte eine zusammengefaltete Plastiktüte, in der man problemlos mehrere Tischbeine transportieren könnte, unter seiner Fußmatte liegen, in die die FAZ in voller Länge versenkt werden sollte. Die Tüte sollte dann an den Griff der Wohnungstür gehängt und ein Mal, nur ein Mal und kurz, nur kurz, geklingelt werden. Ansonsten würde sich die Frau beschweren, das gäbe echt Stress, sagte Jens.

Ich war nach einer halben Stunde Treppen rauf und runter verschwitzt.

Ich kaufte eine große Fantaflasche und schnitt mit der Küchenschere einen Streifen raus, den ich bei meiner Wohnungstür ausprobierte. Es funktionierte nicht, zum Glück.

Die Haustür ließ sich problemlos öffnen, auch die Nachbarhaustür.

»400 Euro bekommen wir, oder?«, fragte ich.

»Ja, klar«, sagte Jens, während wir in einem Höllentempo mit einer einzigen Zeitung, die in eine Dachgeschosswohnung musste, in einen dritten Hinterhof liefen.

»Was bekommst du hier auf deiner Tour pro Stunde?«, fragte ich.

»Kommt drauf an, Mittwoch ist immer scheiße, da sind die Stadtmagazine dabei, das dauert eine Ewigkeit, die musst du auch wirklich in die Kästen reintreten, die sind zu dick, und Donnerstag ist die Hölle, da kommt Die Zeit. Ich habe schon mal einen Briefkasten kaputt gemacht, Die Zeit ist viel zu fett, die kannst du gar nicht richtig knicken.«

Wir standen im Hausflur.

»Ich bring die nach oben«, sagte ich.

Jens nickte und sagte, ohne in das Buch zu sehen: »Ledermeyer, fünfter Stock, links, eine NZZ, unter den Blumentopf.«

Ich rannte die Treppen hoch und wieder runter.

Wir betraten das nächste Haus.

»Boah, pass auf, hier gibt's kein Licht, ich bin hier vorgestern in Kotze getreten!«

Er zog eine kleine Taschenlampe aus seiner Hosentasche und leuchtete den Hausflur aus. »Okay, nur eine Berliner Zeitung, gleich rechts unten, irgendwas mit -itsch am Ende, ganz rechts.«

Ich stopfte die Zeitung in den Briefkasten, dann wieder raus.

»Nächste drei Häuser nichts«, sagte Jens.

»Das ist gut«, sagte ich.

»Nee, nicht gut, kein Geld«, sagte er.

»Was verdienst du in der Stunde?«

»Fünf, sechs, sieben, manchmal acht, dann läuft es gut! Wir machen jetzt Pause, okay, und rauchen eine, okay?«

Fehlte eine Zeitung, riefen wir eine Handynummer an, und wenige Minuten später hielt der Kastenwagen an der Adresse, die wir genannt hatten, genau der Kastenwagen, der mich am ersten Tag mitgenommen hatte. Der Mann, der immer eine Zigarette im rechten Mundwinkel hatte und zusätzlich seinen Kopf ein wenig nach links hielt, damit er keinen Rauch in die Augen bekam, stieg aus, nickte uns wortlos zu, öffnete die Seitentür, sagte den Namen der Zeitung und dann: »Richtig?«

»Richtig«, sagten wir.

Er habe, erzählte Jens, in seinem Leben nie etwas zu Ende bringen können, er sei schlau, klar, das würde ich ja allein daran erkennen, wie gut er ausgerüstet sei. Er könne diesen Job sehr gut, hoffe aber auf einen anderen. Ich fragte ihn, ob er sich auf was anderes bewerben würde, worauf er nur müde abwinkte und erzählte, dass er das gerade okay fände, die Kohle komme rein, das reiche gerade so, er brauche wenig, sei okay.

Wir trafen uns die nächsten drei Tage zu dieser absurden Uhrzeit. Wir verteilten die Zeitungen, blödelten herum, rauchten ein- oder zweimal, hatten innerhalb kürzester Zeit zwei, drei wiederkehrende Witze parat, ein guter, angenehmer Typ.

»Seit ich das hier mache«, sagte ich am fünften Tag, als ich den Wagen an den Laternenmast schloss, »habe ich keinen meiner Freunde mehr gesehen. Wie machst du das?«

»Ich gehe um elf ins Bett, dann schlafe ich am Nachmittag noch mal, ich gucke abends Filme. Lade ich mir aus'm Netz runter.«

»Hast du eine Freundin?«, fragte ich.

»Ja, hatte ich mal, ja, jetzt gerade aber nicht.« Er sah traurig aus.

Meinen Freunden hatte ich gesagt, dass ich das soziale Leben für eine Weile nicht wahrnehmen könnte. Mein Biorhythmus veränderte sich in absurder Weise. Ich nahm am Tag sechs bis sieben Mahlzeiten zu mir. Ich ging um neun ins Bett und stand um halb drei auf. Nach einer Woche tat es körperlich weh. Ich sagte mir immer wieder, dass ich ein Warmduscher, Waschlappen und Schlimmeres sei und andere ganz andere Dinge in ihrem Alltag zu bewältigen hätten. Es half nicht. Setzte ich mich nachmittags irgendwohin, musste ich sofort aufstehen, um nicht einzuschlafen. Kam ich morgens nach Hause, wusch ich mir Druckerschwärze von den Händen. Das Waschbecken sah eine kurze Weile aus, als hätte ich einen Tunnel von Berlin nach Braunschweig gegraben.

Ich hatte am Tag zuvor bei der Firma angerufen und eine eigene Tour gefordert.

Ich solle für einige Tage bei einer anderen Tour mitlaufen, so die Antwort. Die Tour würde durch das Zeitungsviertel gehen, die ich dann auch übernehmen solle, da der, der mich einarbeiten würde, gekündigt hätte.

Ich schickte Jens eine erklärende SMS, zurück kam in der Nacht: »Du Lusche, Gruß, Jens«.

Ich wartete an dem Zustellwagen, der am südlichen Ende der Friedrichstraße an einem Baumstamm angeschlossen war, setzte mich irgendwann auf den Boden, lehnte mich gegen den Wagen und schloss die Augen.

»Hey«, weckte mich eine Stimme. Ein kleiner Mann mit Rucksack stand vor mir.

»Hey«, sagte ich.

»José«, sagte er.

»Björn.«

Er reichte mir die Hand und half mir hoch. »Ich war feiern, habe nicht geschlafen!« In seiner linken Hand brannte eine Selbstgedrehte, die den Durchmesser seines kleinen Fingers hatte. Als er bemerkte, wie ich die Zigarette ansah, streckte er mir die Hand entgegen.

»Danke.«

»Dann nicht. Frau Krüger hat mir gesagt, dass du die Tour übernimmst. Ist ganz einfach, dauert nicht lang. Ich war auf einer Party und wollte eigentlich früh los, aber diese Frauen, die deutschen Frauen, mannmann, ist das toll hier, die sind alle so …«

»Blond?«

»Nein!«

»Groß?«

»Ja, so groß, lange Beine, schöne lange Beine!«

»Wo sind die Zeitungen?«, fragte ich.

Er deutete auf das erste Haus der anderen Straßenseite. Ich öffnete die Haustür mit dem Plastikstreifen.

»Hey, du bist Profi!«, spottete José.

Wir luden den Wagen voll, die vierfache Menge von dem, was in der anderen Tour zu verteilen war. Ich stöhnte leise auf.

»Sieht viel aus, ist es aber nicht, schmeißen wir alles ab, siehst du dann!«

Bei der taz legten wir einige Stapel hin, der Wagen ließ sich schon leichter lenken, dann wieder private Briefkästen. Im Springer-Gebäude leerte sich der Wagen fast vollständig, von Etage zu Etage wurde er leichter.

Am zweiten Tag dieser Strecke, als José eine afrikanische Botschaft versorgte und ich zwei andere Briefkästen, löste sich der Wagen, den ich unachtsam gegen einen Laternenmast gestellt hatte, und rollte auf die Rudi-Dutschke-Straße, ein schwarzes Auto hielt mit quietschenden Reifen. Ich rannte darauf zu. Der Fahrer lächelte freundlich, kurbelte die Fensterscheibe herunter, drückte mir einen Zehneuroschein in die Hand, und bevor ich etwas sagen und das Geld ablehnen konnte, kurbelte er das Fenster wieder hoch und fuhr weiter. Ich stellte den Wagen wieder gegen den Mast und setzte mich. José kam.

»Wir haben Trinkgeld«, sagte ich.

Er setzte sich neben mich und sagte: »Behalt es! Ich bin morgen in Stuttgart. Ich bin Doktor der Biochemie. Ich will woandershin.«

»Und warum trägst du dann Zeitungen aus?«

»Ich brauch' Geld. Mich will keiner als Biochemiker. Ich bewerbe mich überall, keiner will mich. Die nehmen Menschen aus Asien, Spanier will keiner! Ich probiere Stuttgart, ich trage auch dort Zeitungen aus, die Firma hat mir den Job vermittelt, Frau Krüger, eine gute Frau! Und du?«

Es gab Momente, in denen fühlte ich mich, als wären wir die Könige der Straßen, als hätten wir immerwährende Vorfahrt, weil wir die waren, die die Zeitungen brachten, während die, die sie lesen würden, noch schliefen. Ich war der, der die Straßen beim Erwachen sah. Gegen fünf begannen die Vögel zu singen, und das Licht wurde klarer. Ich verspürte eine Müdigkeit, die bis auf die Knochen schimmerte. Eine Müdigkeit, die wehtat.

Wir schlossen den Wagen wieder am Baum an.

»Hey«, sagte José, während er sich eine seiner dicken Zigaretten drehte, »ich habe gestern eine Bolognese gekocht, die sehr gut geworden ist. Magst du?«

»Danke, aber ich will jetzt schlafen.«

Wir umarmten uns unbeholfen, setzten uns auf die Fahrräder, und als wir die uns trennende Kreuzung erreichten, riefen wir synchron: »Mach's gut!«, und bogen ab.

Nein, ich konnte nicht mehr, aus dem Roman würde nichts werden. Ich rief bei der Firma an, erreichte niemanden, sprach auf den Anrufbeantworter, dass ich kein weiteres Interesse an dem Job hätte, schickte dem Kastenwagen eine SMS und sprach José auf die Mailbox und wünschte ihm alles Gute in Stuttgart.

Auf Patrouille

Kurz vor Mitternacht. Eisenacher Ecke Grunewaldstraße. Ein Imbiss mit Überdachung, vier Tische mit Stühlen darunter, in einem weißen Blumentopf steht bauchhoch Lavendel.

»Gib mir noch 'n Bier, oder nee, lieber 'n Sternburg, Arbeitslosenbier, wa!« Der Mann schließt, in der Linken die Flasche haltend, sein Fahrrad ab, und dann kippt er mit dem Rad vom Bordstein auf ein parkendes Taxi. Die Alarmanlage geht los. Zwei türkische Jungs helfen dem Mann wieder hoch, während der unentwegt »Scheiß Mercedes« brüllt, obwohl das Auto ein Opel ist.

Ein Polizeiwagen, der auf Patrouille ist, hält, und zwei plaudernde Uniformierte steigen aus. Der Betrunkene schaut auf den Polizeiwagen und brüllt: »Scheiß Bullen-Kutsche!«

Die beiden Männer bestellen Döner und Cola und setzen sich an einen der Tische. Die Alarmanlage geht aus.

Der Betrunkene scheint verwirrt, und probiert es noch mal: »Scheiß Bullen-Kutsche!«, worauf der Ältere der beiden sagt: »So, jetzt ist aber gut. Wir machen Pause, und du bist jetzt mal ein bisschen leiser, alles klar?«

Die türkischen Jungs tuscheln miteinander, dann stellt sich der mit dem Atatürk-T-Shirt und dem womöglich dritten

Versuch eines Vollbarts maskulin vor den Tisch der Bullen-Kutscher, schaut den Jüngeren frech an und fragt: »Ey, hast du schon mal jemanden erschossen?«

Der Ältere schnellt hoch, Atatürk weicht zurück. »Hör mir gut zu. Ich habe mal einem Typen ins Knie geschossen, weil der mich so lange vollgeredet hat, dass mein Döner kalt wurde, und ich mag kalten Döner nicht. Und wenn du jetzt weiter unsere Pause störst, fahren wir dich gratis zu deinem Papa, alles klar?«

Der Jüngere lacht auf und sagt: »Clint, setz dich hin, wir müssen in zehn Minuten los!«

Warum hängt der?

Ich betrete mit dem Sohn die Gemäldegalerie. Es ist ein Versuch. Ich rechne maximal mit einer Stunde.

Ich hatte ihm monumentale Schlachtszenen versprochen, ineinander krachende Lanzen, ozeandampferähnliche Segelschiffe, die sich gegenseitig unter Kanonenbeschuss nehmen.

Wir gehen in den ersten Raum, die Maria Magdalenas in Blau, dieser ganze verflixte Raum leuchtet blau. Der Sohn löst sich, stellt sich an einer Seite des Raums auf, als würde er einer Führung folgen, und sichtet nun Bild für Bild. Der nächste Raum wird auf die gleiche Weise begutachtet. Dazwischen werden Fragen abgefeuert. Warum hat der Pfeile in der Brust? Warum hängt der? Warum gucken die so böse?

Unglaublich, wie ausdauernd der Sohn mit einem geradezu ehrfürchtigen Blick die vielfältigen Kreuzigungsszenen abfeiert. Wir bleiben drei Stunden, und ich locke ihn dann, ich kann das nicht mehr sehen, mit dem Versprechen auf zwei Kugeln Eis aus dem Gebäude.

Eine Woche später bittet er um den Besuch eines weiteren Museums. Ich denke an die von Yadegar Asisi geschaffene Panoramadarstellung von Pergamon und fahre mit dem Sohn dorthin.

Als wir später vor dem Pergamon-Altar stehen, kommt eine Digitalkamera auf uns zu, zeigt auf den Altar und sagt: »Sorry, Brandenburger Tor?«

Ich sage: »Yes!«, woraufhin der Sohn interveniert: »Aber Papa, das ist falsch, das Brandenburger Tor steht doch draußen, ungefähr da!« Er deutet mit der Hand nach hinten, und ich bin fast hundertprozentig sicher, dass es die richtige Himmelsrichtung ist.

Ich stupse die Digitalkamera an, deute auf den Sohn und sage: »Sorry, I was confused, he knows the correct direction!«

Liebe ist Schmerz

Der Lehrer sagt: »Keine Bange, wir sind keine Radau-Schule oder so«.

Die Hip-Hopper sitzen hinten links und kippeln, der Schüchterne sitzt allein in der ersten Reihe, die Pferde-Mädchen in der dahinter.

Ich fordere die Schüler auf, ein Liebesgedicht zu schreiben. »Ihr wart doch alle schon mal verliebt, oder?«

Großes Nicken bei den Mädchen und Hip-Hoppern, also los.

Der Schüchterne winkt mich heran und sagt, dass er nicht wisse, was Liebe sei. Schwierig, denke ich, und sage was anderes.

Ein Mädchen, das alleine sitzt, sagt, dass sie noch nie verliebt war, und nachdem sie das leise gesagt hat, fast zu weinen beginnt.

»Willst du eins über dein Lieblingstier schreiben?«

Ja, will sie. Dann folgt allgemeine Verunsicherung.

Ich rufe: »Hey, ihr seid die Herrscher über dieses Blatt Papier, macht, was ihr wollt, aber macht ein Liebesgedicht, Gedichte müssen nicht gereimt sein, alles klar?«

Alles klar!

Später verzweifelt einer an der Handhabung einer Schere, mit der Überschriften aus einem Boulevardblatt zu einem Gedicht montiert werden sollen.

Eine halbe Stunde später erkläre ich, was ein Haiku ist und frage dann: »Verstanden?«

Einer der Stillen sagt: »Heiko ist doch gar nicht da, der hat eine Erkältung!«

Es ist einfach viel zu blöd, um nicht wahr zu sein. Ich gehe herum und gebe Tipps.

Am Ende der Doppelstunde liest die erste Mutige ihr Liebesgedicht. Sie wird ausgelacht. Dann die nächste. Das Lachen weicht einer interessierten Aufmerksamkeit. Schließlich liest eine mit brüchiger Stimme vor: »Die Liebe ist Schmerz!« Es wird geklatscht.

Da ist er also, der große Moment. Einen besseren Abschluss kann es nicht geben.

Dann kommt einer, die anderen sind schon Richtung Schulhof, zurück an das Pult und sagt: »Gedichte kann ich nicht, ich schreibe zu Hause Kurzgeschichten, aber Gedichte kann ich irgendwie nicht!«

»Macht nichts«, sage ich, »jetzt weißt du das.«

Das Gehen im Amt

Der Sohn benötigt für den Schülerladen eine höhere Stundenbetreuung. Nach zahlreichen Anrufen und drei Briefen – die für uns zuständige Sachbearbeiterin ist nicht erreichbar und der Termin kommt näher – fahre ich zum Amt.

Auf dem Flur lungern Erwachsene und Kinder herum. Ich treffe drei Mütter, die ähnliche Probleme haben. Ich finde das Zimmer der Sachbearbeiterin. An deren Tür klebt ein Zettel, dass man sein Anliegen in jedem anderen Zimmer vorstellen könne.

In dem Büro am Ende des Flurs hängen die üblichen Tierfotos aus der Apotheken Umschau und an einem Schrank der Satz: »Ganz Deutschland ist ein Irrenhaus und hier ist die Zentrale.«

Die beiden stämmigen Frauen, die sicherlich Steaks frühstücken, erzählen, dass meine Sachbearbeiterin seit zwei Monaten krank sei, dass überhaupt sehr viele im Hause dauerkrank seien, sie beide völlig überarbeitet, und Anträge, Briefe usw. nicht bearbeitet werden könnten.

Ich schildere mein Anliegen.

Kein Problem, machen wir, wir kommen Ihnen entgegen, machen wir, geben wir gleich in den Rechner ein, dafür müssen Sie aber in Zimmer soundso.

Vor jenem Zimmer, das einen Spaziergang von drei Minuten entfernt liegt, die gleiche Situation. Ich bitte eine Mutter, deren Kind im gleichen Schülerladen ist, mir meinen Platz freizuhalten, während ich einen Kaffee trinken gehe.

Nach einer halben Stunde bin ich zurück und zwei Meter weiter gekommen. Vor mir ein Asiate, der wild auf seinem iPhone im dritten Level herumschießt. Ich lese Werner Herzogs »Vom Gehen im Eis«, und wie er Wochenendhäuser aufbricht, um darin zu übernachten.

Kurz bevor ich das Buch beenden kann, stupst mich der Asiate an und sagt: »Mach du erst mal, ich bin noch nicht fertig«, und drückt weiter auf seinem Gerät herum.

Ich gehe ins Zimmer, sie wissen Bescheid, die Bestätigung wird ausgedruckt, der Typ unterschreibt, stempelt, drückt mir das Papier in die Hand und sagt: »Danke fürs Warten!«

Unser Harald Juhnke

Wir haben uns in der Küche zusammengerottet. Jens feiert seinen Geburtstag. Er wird 40. Er hat sich von seiner Frau getrennt und von uns gefordert, dass wir unsere Liebsten, sofern wir eine haben, nicht mitbringen. Da stehen wir nun: ein Haufen Typen, alle zwischen 30 und 50, die typische DVD-Käuferschicht. Leicht angeödet sind wir, eine Party ohne Frauen, herrje, das wird kein großes Vergnügen. Zum Rauchen müssen wir uns aus dem Küchenfenster lehnen. Aus dem vierten Stock dieses abgewrackten Hinterhofhauses sieht man im Hof herumhuschende Ratten.

Das Bier, umgeben von zerstoßenem Eis, ruht in einer großen Plastikwanne, die auf der Waschmaschine steht. Ich bitte den Langhaarigen, der dagegen lehnt, um eine Pulle.

»Was, in Gottes Namen«, fragt er, »ist eine Pulle?«

Was soll man auch machen als Zugezogener, man versteht die Leute nicht richtig, wird nicht richtig verstanden, hat Aufkleber lesen müssen, auf denen stand »Wir sind das Volk und ihr nicht«, und fand es nicht mal ein bisschen lustig. Man kommt aufs Verrecken nicht dahinter, warum Zweibeiner wie Harald Juhnke oder Helga Hahnemann personifizierte Aushängeschilder waren.

Aber das Allerschlimmste sind die stetig wiederkehrenden Erklärungen anderer Zugezogener, die seit mindestens zehn Jahren in der Stadt leben, dass man den Vollberliner-Status erst nach sieben Jahren erreichen würde. Ich bin Ureinwohner, durch meine Leitungen pumpt 100 Prozent reines Berlin. Ich höre mir das an, sage nie etwas dazu und denke jedes Mal: Wen kümmert's, scheiß die Ratte drauf. Doch würde es zu Krawallen kommen, riefe ich: Euch die Dorfstraßen und uns Harald Juhnke. So bekommt jeder, was ihm zusteht.

»Ne Pulle is' 'ne Flasche, dit is' rudimentäres Wissen, allet klar!«

Er nickt.

Dann singen wir »Happy Birthday, lieber Jens«. Es kommt von Herzen, aber es hört sich wirklich beschissen an.

Nicht im Zentrum

Als vor ungefähr sechs Jahren der kleine Zeitungsladen gegenüber der Lankwitzer Kirche eröffnete und »Pressezentrum Lankwitz-City« genannt wurde, hatte Lankwitz seine dörfliche Unschuld verloren. Das war vorerst alles. Die Platanen in der Gallwitzallee wuchsen, und ihre Früchte schlugen irgendwann nicht mehr gegen die Frontscheiben der Doppelstockbusse.

Mittlerweile ist der Einzelhandel austauschbar geworden: Asia-Imbisse, ein Dönerladen, ein Curry-Eck, ein Biomarkt, Blume 2000, ein dm. Der Einzige, der durchzuhalten scheint, ist ein Laden aus dem letzten Jahrtausend namens Sommermeyer, in den man gehen kann, wenn man Besen oder Mülleimer braucht oder zu Hause irgendetwas kaputt gegangen ist, das dortige Ersatzteillager ist groß, es ist riesig, sie haben alles.

Am Nachmittag treffe ich auf einem Spielplatz zufällig eine ehemalige Mitschülerin, die erzählt, dass sie mit ihrem Mann und ihren beiden Kindern zurück nach Lankwitz gezogen sei. Ein Haus hätten sie, einen Garten, ein Auto.

»Meine Fresse!«, rutscht es mir heraus.

Sie sieht mich ein wenig verblüfft an.

Ich sage, ich sei erst gestern dort gewesen. Ich hätte dort, sage ich, an der Bushaltestelle am Rathaus gestanden, was ja immerhin das Zentrum sei, zusammen mit vier grauhaarigen Frauen und einem blinden Mann, die sich angeregt darüber unterhalten hätten, warum der Bus nun schon zwei Minuten Verspätung hätte. Wenn das das Zentrum eines Bezirks sei, dann sei das nichts für mich, auch nicht in Zukunft, dann besser Richtung Brandenburg und einen klaren Schnitt machen.

»Wir wohnen nicht im Zentrum«, erwidert sie, »sondern in einer sehr ruhigen Seitenstraße Richtung Lichterfelde-Ost!«

»Ja ja!«, sage ich, »aber alle Straßen würden doch irgendwie von einem Zentrum zusammengehalten werden, oder?«

Sie sieht verärgert aus. Ich fühle mich schäbig.

»Und wo kommt dein Mann her?«, frage ich.

»Rostock«, sagt sie.

»Rostock«, sage ich, »super!«

Der gute Mieterverein

Die Tochter ist krank. Nach zwei Stunden Betonschlaf geht der Wecker los. Im Spiegel sehe ich aus wie jemand, den ich nicht sehen möchte. Es gibt kein Warmwasser mehr. Auch als ich den Sicherungsschalter wieder hochlege, springt der Durchlauferhitzer nicht an. Ich rufe bei der Hausverwaltung an, und der Mann fragt, wie lange ich in der Wohnung wohnen würde und ob ich die Wartungsbelege hätte.

Habe ich nicht.

»Nun ja«, sagt der Mann recht fröhlich, »dann müssen Sie einen neuen Boiler kaufen!« »Okay«, sage ich, »ich kaufe den Boiler, und wenn ich mal ausziehe, nehme ich den in die nächste Wohnung mit.«

»Nein, nein«, sagt der Vermieter, »das natürlich nicht!«

»Entschuldigen Sie mal«, sage ich, »das ist dann mein Boiler, mit dem kann ich machen, was ich will!«

»Na ja«, lenkt er sehr ernst ein, er sei kein Unmensch und möchte mit den Mietern gut auskommen, und es hätte schließlich nie Probleme gegeben, so ein Ding würde ungefähr 1.400 Euro kosten.

»Ich möchte Sie ungern unterbrechen«, sage ich, »aber das ist mir wirklich zu dämlich. Schicken Sie unverzüglich

Handwerker vorbei, oder ich besuche meine Freunde vom Mieterverein, die wohnen direkt gegenüber, da kann ich auch gleich duschen.«

Wenn ich mit Hausverwaltungen telefoniere und das Wort Mieterverein ins Gespräch bringen muss, weicht dieser eigennützigen Aggression meist eine eigennützige Freude, das Beste für alle Beteiligten herbeiführen zu wollen. Nun will der Vermieter mit einer Firma telefonieren und sich gleich zurückmelden. Drei Minuten später klingelt das Telefon. Sicherlich seien doch nur Teile kaputt, und wann der Handwerker kommen könne. Ich sage Danke und lege auf.

Die Tochter schlurft, die Wangen fiebrig-rot, mit dem Schlafhasen aus ihrem Zimmer.

»Wir haben kein warmes Wasser«, sage ich.

»Warm«, murmelt sie. Dann weiten sich ihre Augen, und sie ruft: »Ich bin warm!«

Im Rauch

Wir treffen uns am Rathaus Neukölln und biegen Richtung Sonnenallee in die nächstbeste Straße ein. Trotz absurder Kühle sitzen draußen ein paar in Decken Eingehüllte vor ihrem erkalteten Essen.

Wir finden einen Laden, der uns geerdet und nicht zu freundlich erscheint. An der Tür klebt ein Zettel: »Raucher, kommt rein«. F. kauft noch auf der anderen Straßenseite Zigaretten. Wir öffnen die Tür der Kneipe und durchstoßen mit den Köpfen einen Rauchvorhang.

F., der ein paar Jahre älter ist als ich, sagt: »Das war früher überall so, in jeder Kneipe, in jedem Restaurant, toll.«

Wir bestellen am Tresen und setzen uns an einen Tisch, der direkt neben einem Lautsprecher steht, aus dem seichte Folkmusik dudelt. Nach einer halben Stunde schrubbt laute Rockmusik mit aufjaulenden Gitarrensoli aus den Boxen.

F. sagt, er komme sich vor wie ein Frosch in einem Topf Wasser, das von unten langsam erwärmt werde. Wir wechseln zu einem Tisch, der so weit wie möglich von den Boxen entfernt steht. Neben uns sitzen drei attraktive Frauen und unterhalten sich auf Spanisch. Wir bestellen wieder am Tresen. Das Bier wird gebracht.

»Das ist gut hier«, sage ich, »wie lange gibt's euch hier schon?«

»Seit zwei, drei, nein, seit vier Jahren, glaube ich«, sagt der Mann in einem derben süddeutschen Dialekt und lächelt.

»Ah, okay«, sagt F., »deshalb, da bin ich hier gerade weggezogen!«

»Wo hast du früher gewohnt?«

»Fuldastraße«

»Und jetzt?«

»Friedenau.«

Der Mann dreht sich abrupt weg, geht und hört gar nicht mehr, wie F. erklärend sagt: »Bin vor vier Jahren Vater geworden.«

Ich lache auf und sage: »Dafür bekommst du hier keinen Bonus!«

F. grummelt was.

Ich sage: »Hey, mein Lieber, der Typ hat zwar geredet, als hätte er ein Kleintier im Mund, aber du, du kommst aus Friedenau!«

Hand ab

Zwischen Nissan-Niederlassung und Schuhcenter gehen wir an der vielbefahrenen Straße zur Zitadelle. Die Zugbrücke, die den Bau mit dem Spandauer Festland verbindet, ist für den Sohn viel zu klein, zu unbedeutend, eine Enttäuschung. Der Sohn beharrt auf einer Führung.

Wir warten mit einer älteren Frau vom Spandauer Heimatverein auf weitere Willige. Ab sechs Leuten würde sie eine Führung machen. »Mein Sohn ist der größte Ritter- und Burgenfan von ganz Berlin«, sage ich, und wir seien extra aus Kreuzberg angereist.

Sie werde mal sehen, sagt sie und schmunzelt gutmütig. Ein älteres Ehepaar trifft ein und bleibt den Rest unserer Zusammenkunft wortlos.

Die Geschichte der Zitadelle wird referiert, uns werden Kanonen präsentiert, Verteidigungslinien erklärt. Bei dem Gang durch das Innere der Wehranlage erzählt die Frau: »Wer von den Arbeitern zu spät kam, wurde bestraft. Beim ersten Mal wurde die Tagesration von einem Pfund Schweinefleisch und drei Broten gestrichen, beim zweiten Mal wurden zwei Finger der linken Hand abgeschlagen, beim dritten Mal die linke Hand.« Beim vierten Mal hätte der Reigen mit der rechten

Hand begonnen. »Stell dir mal vor«, sagt die Frau und sieht den Sohn an, »wenn dir das passieren würde, wenn du zu spät zur Schule kommst!«

Die Führung ist nach zwei Stunden zu Ende. Der Sohn will noch eine.

»Komm morgen wieder!«, sagt die Frau.

Zurück zwischen Nissan und Schuhen.

Ein abgerissener Typ betritt den U-Bahnwaggon, kurzärmlig, die Einstichstellen in seinen Armbeugen blühen, zwei verdammte Sträuße roter Blumen. Der Sohn beobachtet ihn interessiert.

Der Typ läuft zwei Schritte vor, zwei zurück und sagt: »Ich vertraue auf den Herrn Jesus Christus und ernähre mich von Astronautennahrung und bin seit 30 Jahren HIV-positiv.« Er bleibt reglos stehen.

Der Sohn sieht mich lange an und fragt dann: »Was ist Astronautennahrung?«

Ich war der Dribbelkönig

Ich nehme die Mütze ab. Der Wind schlägt die Haare nach hinten. Ich betrete das Stadtbad Neukölln.

Es ist lange her, dass ich das letzte Mal in einem Hallenbad war, die letzte sportliche Betätigung bestand in einigen Bolzplatz-Eskapaden mit Achtjährigen, die mir den Ball abnahmen. »Eigentlich bin ich Basketballer«, sagte ich einige Male erklärend, aber das half auch nicht weiter.

Nach vier Bahnen beginnen die Arme, weh zu tun. Verdammt, denke ich, das kann doch nicht wahr sein. Zwei Frauen, eine fette und eine dürre, gehen ins Wasser und fangen an zu schwimmen. Aus zwei steinernen Mäulern plätschert Wasser in den Nichtschwimmerbereich, daneben werden drei Kinder von einem Lehrer in die Kunst des Kraulens eingeweiht. Ich reiße mich zusammen. Einen Kilometer will ich schaffen. Die Frauen schwimmen. Was die können, denke ich, kann ich längst, und schwimme weiter im Windschatten einer blau-rot-geblümten Badekappe. Auf der einen Seite des Beckens hat sich eine semiprofessionelle Elite aus Männern und Frauen gebildet, die das Wasser durchpflügt, als müsste sie vor irgendetwas flüchten. Verdammt, ich war der Dribbelkönig, ich habe jedem den Ball gebracht, der ihn haben wollte, ich bin mit 18 Marathon gelaufen, und jetzt werde ich diesen Kilometer hinter mich bringen.

Als ich aus dem Wasser steige, schwimmen die beiden Frauen noch immer. Unter der heißen Dusche stehe ich, als hätte ich drei Wochen Urlaub auf einem Fischkutter verbracht, die Arme zittern ein wenig. Den Kilometer habe ich nicht geschafft, irgendwann hörte ich auf zu zählen, es wurde sinnlos. Der Duschraum ist leer.

Erfreut über die körperliche Erschöpfung schließe ich die Augen, strecke die Arme vom Körper weg und brülle »Alter Latz!«

Als ich sie wieder öffne, steht ein stämmiger Türke vor mir und sagt lächelnd: »Merhaba! Du musst dich jetzt ausruhen!«

Im Müggelsee

Wir parken am Vormittag mit Klein- und Mittelklasse am Strandbad Müggelsee, von dessen Existenz ich bis dato nichts wusste. Meine Schwester, die mit ihrem Mann und ihren beiden Söhnen zu Besuch in der Stadt ist, hat das vorgeschlagen, und ich frage mich, warum jemand, der sich am Frankfurter Rand tagtäglich von Hunderten Maschinen überfliegen lässt, sich so gut am Berliner Rand auskennt, wo ich doch hier und sie nicht ... – aber das führt zu nichts.

Wir suchen uns einen Platz auf der Wiese und cremen die Kinder ein. Ich bemerke, dass ich in der morgendlichen Hektik die Badehose vergessen habe, es ist jetzt schon heiß, und der See, an dem ich schon oft, in dem ich aber noch nie war, ruft. Der Sohn und die Neffen sind schon im Wasser. Die Tochter will mitkommen.

Wir laufen zu dem Hauptgebäude. In einem Laden werden Rentner- und Prollbadehosen verkauft, es sieht alles fürchterlich aus. In der Umkleidekabine ziehe ich eine gelb-blau-geblümte, schenkellange an.

Die Tochter sagt: »Schön!«

Ich sehe in den Spiegel. »Nee«, sage ich, »das geht nicht!«

Dann sage ich: »Ich bin jetzt Rentner!«, und halte ihr eine kurze dunkelblaue hin.

»Okay!«, sagt sie und nickt.

Der See ist kurz vorm Umkippen, es riecht modrig. Ich lasse die Tochter bei meiner Schwester und gehe zu dem Sohn, der mit seinen Schwimmflügeln weit draußen ist. Ich laufe und laufe, es wird nur wenig tiefer. Als ich den Sohn erreiche, stehe ich bis zum Bauch im Wasser, von ihm gucken Schultern und Kopf raus. Ein ADAC-Hubschrauber überfliegt uns.

Der Sohn beobachtet ihn und sagt, als der Richtung Brandenburg verschwunden ist: »Den habe ich auch.«

Neffe eins, zehn Meter entfernt, ruft: »Ich auch!«

Ich wende mich um. Neffe zwei ist gerade Arm in Arm mit der Tochter ins Wasser gefallen. Die Schwester holt sie wieder raus.

»Pah!«, sagt der Sohn, »die können noch nicht schwimmen!«, und läuft mit seinen Flügeln Richtung Westen.

Hundert Bücherkisten

Am Abend zuvor wird der Umzug per SMS auf zwölf Uhr mittags verschoben. Keine Waschmaschine, kein Kühlschrank heißt es und so bleibt es auch. Ein Zusammenzug, die Sachen der Freundin sind bereits in der zukünftigen Behausung. In der, die geräumt werden soll, stehen wir nun vor den Bücherkisten.

Herrje, ja klar, ein Verleger zieht um, nun gut, so soll es sein. Wir legen los, bilden eine preußisch anmutende Treppenhauskette. Die Erdanziehung hilft uns bei dem Abstieg. Fünfhundert Meter weiter bilden wir eine ähnliche Kette in die gleiche Stockwerkhöhe.

Das Fluchen wird halbstündlich amüsanter, bis auch der letzte Muskel an Übersäuerung aufzugeben droht, und dann Worte wie Scheiße, Kacke und Ficken durch das Treppenhaus hallen. Plötzlich wird von unten gerufen: »Der Reis kommt!« Und dann ist plötzlich eine Kiste da, auf der »Bücher, Alkohol, Reis« steht und sie ist scheißefickenschwer.

T., der eine halbe Treppe tiefer steht, schaut immer wieder in die Kisten, und wenn er bei mir angekommen ist, sagt er Sachen wie: »Grillparzer, der gute Grillparzer!«, während ihm der Schweiß von der Stirn tropft. Als dann drei verschweißte

Brecht-Gesamtausgaben nach oben gereicht werden, achtet auch er keine Hochkultur mehr und sagt: »Nimm den Scheiß!«

Drei Fuhren sind es, und so treffen wir uns erschöpft in der schönen Wohnung der beiden. Ein Lyriker, der, so wird es geflüstert, an einem fulminanten Roman arbeiten würde, hat sich der Verpflegung gewidmet und eine Kartoffelsuppe gekocht. Es riecht wunderbar. Wir setzen uns.

»Lecker«, sagen wir, »was ist da drin?«

Der Lyriker fordert uns, die wir nun erschöpft die Suppe löffeln und in Würste beißen, auf, die von ihm beigefügten Kräuter zu erkennen. Salz, Pfeffer, klar, er nickt. Was noch? Liebstöckel, Thymian, ja, ja. Der Lyriker nickt. Es ist jetzt egal, es schmeckt super.

Die beiden, die eingezogen sind, sagen, wir sollen nun endlich Bier trinken.

Bei der Malerin

»Okay«, sagt sie, »ja, okay, da habe ich einen auf Malerschwein gemacht, Kippenberger und so«, und zeigt auf drei Bilder, die mehr oben als auf Augenhöhe hängen.

Wir sitzen in ihrem Atelier in einer ruhigen Steglitzer Straße. Sie auf einem sesselähnlichen Etwas, ich auf einem Klappstuhl, zwischen uns ein Tisch, auf dem ihre Künstlerbücher und Kataloge liegen, eine Tasse Tee steht, ein verschließbarer Aschenbecher. In einer Ecke des Raumes stapeln sich die gerollten Leinwände.

»Zeig mal«, sage ich.

»Nein, noch nicht, zu heftig«, sagt sie.

Sie hat mir einen Achtzigerjahre-Zyklus angekündigt, an dem sie gerade arbeitet. Verstehe, vielleicht ist das wie das Entkleiden vor jemandem, den man nicht richtig kennt und mit dem man, obgleich keine Badesachen da sind, gern schwimmen gehen möchte.

Wir sitzen und reden eine Weile. Dann zeigt sie mir kleinere, bereits gerahmte Arbeiten, die sie auf dem Boden an einer Wand aufreiht.

»Bist du bereit?«, fragt sie.

»Immer!«, sage ich dümmlich.

Sie nimmt die größte Rolle aus der Ecke, lässt sie auf den Boden fallen und zieht eines der Bilder heraus.

»Sag mal«, sage ich, während sie das Bild auf dem Boden hinter sich herzieht, »geht das nicht kaputt?«

Sie lächelt, hält das Bild hoch und schießt es mit einer Tackerpistole an die Wand. »Ich habe einen Daumen breit Spielraum«, sagt sie und tackert weiter.

»Die Farbe, das ist doch getrocknet«, sage ich.

»Ja«, sagt sie.

»Herrje, das geht doch kaputt!«, erwidere ich.

Sie lächelt und sagt: »Ich bräuchte jemanden wie Giacomettis Bruder. Der hat seine Sachen gerichtet, wenn Giacometti in der Kneipe war.«

Ihre Daumen sind mit dunkler Farbe gesprenkelt. Wir öffnen den Rotwein, und ich sehe so lange auf die vier großformatigen Bilder, bis ich sie mit den Augen fotografiert habe.

Schwere Melancholiker

Neben dem Crystal stelle ich das Fahrrad neben drei anderen ab.

T. hat eine SMS geschickt: »bin drin«.

»We are mostly slow and difficult«, sagt der Sänger, zur Seite geneigt, ins Mikrofon. Er würde alle seine Lieder für seine Frau schreiben, und nun sei sie nicht hier, das sei traurig. Sein Bühnenkumpel trägt Bommelmütze, was bei dieser Ansage nur verständlich erscheint. Ich sehe T. an.

»Das sind schwere Melancholiker«, sagt er.

Da stehen wir nun in einem Halbkreis um die beiden Musiker mit vielleicht hundert anderen Männern, auf die demnächst eine folgenschwere Midlife-Crisis zurollen wird. Drei Frauen rechts der Bühne, die keine ist, zwei Frauen weiter hinten holen Bier. Die Musik ist schön und sehnsüchtig.

Nach dem Konzert, das gerade mal eine Stunde dauerte, gehen wir weiter zum Mehringdamm. Vor dem Clash werden wir von drei Security-Männern gefragt, ob wir Flaschen dabeihätten. Der Laden ist rappelvoll, wir heben den Altersdurchschnitt. In meinem Sakko stehe ich am Tresen zwischen politischen Gefangenen, die mich ansehen, als wäre ich der Arsch vom Dienst, obgleich ich hier nur der Paradiesvogel bin, der die linke Ordnung mit einem Kleidungsstück ein wenig durcheinanderzubringen scheint.

In einem Pulk von Tätowierten, die einen runden Geburtstag feiern, werden wir an einem für sie reservierten Tisch geduldet. Geduldet, wie sie zweimal sagen. Die Musik ist brutal laut und brutal gut. Wir versuchen, miteinander zu reden, wir brüllen uns eigentlich immer nur etwas zu.

Während die hereinkommenden Gäste immer jünger werden, werden wir immer älter.

Vor uns auf dem Boden sitzen drei Punks um eine Frau, die in ihr Smartphone spricht. Als sie den Apparat ausstellt und ihn zwischen ihre Brüste steckt, wissen die drei nicht mehr weiter und greifen synchron nach ihren Flaschen und trinken.

Theater der Gegenwart

Ich treffe T. vor der Schaubühne. »Hamlet«, Lars Eidinger spielt. Er sagte in einem Interview, dass er Leute, die während der Vorstellung das Theater verließen, von der Bühne herab fragen würde, warum sie das täten.

Mein letzter Theaterbesuch liegt geschätzte zehn Jahre zurück, währenddessen immer wieder Tanztheater. Aber hier und heute, heute wird gesprochen.

Gebraucht man im Beisein von T. das Wort Theater, blitzt in ihren Augen etwas auf, eigentlich bewegt sich dann ihr Körper ein wenig. Eine Leidenschaft, die dieses Wort verdient.

Das Stück ist zu Ende, und Eidinger hat ein Pärchen gefragt, warum sie gehen würden, und der Typ könne doch jetzt die Scheiße zu Ende spielen und er an seiner Stelle mit der Frau den Raum verlassen.

Einer der Schauspieler steht draußen mit T., ich komme hinzu.

»Stefan«, sagt er.

»Björn«, sage ich.

»So«, sagt er, »du bist also ein Björn!«

»Ich gebe mein Bestes«, sage ich, was ich, nachdem ich es

sagte, nicht mehr lustig finde. Wie sollte ich auch gegen jemanden anstinken, der gerade knappe drei Stunden seinen Körper einsetzte und eine Rolle spielte, die nichts mit ihm und nichts mit seinem Körper zu tun hatte.

»Ostermeier«, sagt T.,

»Das ist der Regisseur«, sagt Stefan.

»Ich weiß«, sage ich. Alles klar.

»Ostermeier«, sagt T., »das ist ein Tier, der hat alles aufgehoben, alle Grenzen niedergemacht!«

Ich sage, dass ich in den Neunzigern alles, wirklich alles gesehen hätte, und mir das heute vorgekommen sei, als wäre ich in den Neunzigern in der Volksbühne gewesen. Aber das hätte wahrscheinlich jeder gesagt, der nichts zu dem Theater der Gegenwart zu sagen hat.

Die beiden sehen mich mitleidig an.

Vielleicht, denke ich, als ich in der U-Bahn sitze, ist das hier das nächste große Ding: Gegenüber sitzt ein in schwarz gekleideter Mann, zu seinen Füßen eine Dogge, auf seinem Kopf ein Basecap mit dem Wort »Fuck«.

Am Schlachtensee

Ich fahre mit den Kindern in der S-Bahn zum Schlachtensee. Wir treffen E. mit seinen beiden an der nördlichen Seite des Sees im Sonnenschein. Die großen verschwinden umgehend auf dem Hügel und lassen sich die nächsten zwei Stunden nicht mehr blicken. Hin und wieder hören wir Begeisterungsrufe, Flüche oder Anweisungen wie: »Der Ast, der, nein, der, ja, cool, cool.«

Die Tochter ist damit beschäftigt, halb verrottete Eicheln in einem Becher zu sammeln. M., der Jüngere von E., tapert am Ufer entlang. Er hat sich in den Kopf gesetzt, den größtmöglichen herumliegenden Baumstamm zurück ins Wasser zu stoßen. Wir begleiten ihn in einem Sicherungsabstand, ich behalte die Tochter im Blick, die nun angefangen hat, kleine Zweige zusammenzusuchen und sie zu einem Haufen zu schichten.

Ich rede mit E. über Allzumenschliches, und irgendwie kommen wir wortwörtlich auf den Kern zu sprechen. Und in dem Moment, als die Tochter mir ihren vollgestopften Becher zeigen will, stolpert der kleine M. über eine aus dem Boden ragende Wurzel, E. erwischt ihn, kurz bevor er mit dem Kopf im See landet, zieht ihn zu sich und ruft: »Diese verdammten Kerne!«

Wir fahren zurück. Die Tochter will wissen, was ein Kern ist, der Sohn redet begeistert von »Star Wars«.

Am Abend, der Sohn schläft schon, erkläre ich der Tochter, nachdem ich ihr Apfel und Birne aufgeschnitten habe, die Obstkerne. Da sie Pflaumen mag, aber die falsche Jahreszeit dafür ist, habe ich eine Seite im Internet aufgerufen. Der Laptop summt leise auf dem Küchentisch.

Ob sie auch einen Kern hätte, fragt sie. Sie isst die Birne mit einer Gier, als würde ein Bürgerkrieg nahen. Als sie satt ist, hat ihr Pullover einen dunklen Fleck in der Form von Australien. Sie geht ins Bad und wäscht sich die Hände.

Sie kommt wieder, klettert auf ihren Hochstuhl, beobachtet eine Weile den Laptop und sagt: »Da ist auch ein Kern drin, stimmt's?«

Bären in der Stadt

In die Erdgeschosswohnung sind neue Nachbarn eingezogen. Die Wohnung war, wie sie sagten, in einem erbärmlichen Zustand. Sie renovieren seit zwei Monaten. Seit Kurzem steht eine alte Badewanne im Hof. Immer, wenn wir an der Wanne vorbeilaufen, schaut die Tochter nach, ob Vögel darin baden.

Dem Sohn ist das zu blöd, klar, und eines Morgens sagt er, den Schulranzen am Rücken: »Weißt du, wenn ein Bär auf dich zukommt, was machst du dann?«

»Ich weiß nicht, was ich machen würde«, sage ich.

Die Tochter ist, während sie auf einen Raketenrest, der hier noch immer herumliegt, starrte, gegen eine der Mülltonnen gestoßen und hingefallen. Sie weint kurz und steht wieder auf.

»Okay«, sage ich, »ich laufe weg!«

»Falsch!«, sagt der Sohn, er hält den Finger seiner rechten Hand belehrend in die Luft und sagt: »Du darfst nie vor einem Bären wegrennen, der greift dich dann sofort an und frisst dich.«

»Okay«, sage ich. Ich nehme die Tochter, tröste sie, begutachte ihre Beule und setze sie auf den Fahrradsitz.

»Weißt du, was du machen musst?«, fragt der Sohn, nachdem er sein Fahrrad abgeschlossen hat. »Du musst warten!«

»Also«, sage ich, »ich stehe dann im Wald und warte so lange, bis der Bär verschwunden ist?«

»Genau«, sagt der Sohn, »und dann erst darfst du weiterlaufen.«

»Und wenn der Bär sehr lange braucht?«

»Du musst warten!« Der Sohn nimmt sein Fahrrad, schiebt es zur Tür und geht vor.

Ich schaue noch mal nach der Beule, die Tochter sagt: »Aua, das war ein Bär!«

Ich sage: »Es war die Mülltonne, es ist nicht schlimm«.

»Jagt A. jetzt den Bären?«

»Nein, das war Quatsch, es gibt hier keine Bären.«

Der Sohn wartet draußen auf uns, er steht mit seinem Fahrrad vor dem Bäcker.

»Woher weißt du das alles?«, frage ich, als wir neben ihm halten.

»Von der Bären-CD«, sagt er, dann wieder sein Zeigefinger: »Wenn du dich bewegst, hast du Pech gehabt!«

Küche

Es klingelt. Ich habe den Raum für einen herannahenden Vegetarier aus einem Leberkäse-Labor noch schnell in eine Küche verwandelt und drücke den Summer. Ich öffne die Wohnungstür.

F., der in einem anderen Bezirk im Parterre wohnt, schnauft die letzte halbe Treppe in den vierten Stock empor.

Ich balle die Fäuste und rufe: »Alter, du schaffst das!«

»Okay«, sage ich, nachdem wir uns gesetzt haben, »heiße Zitrone?«

»Ich kann mich«, sagt er, »alleine verarschen! Wenn du, wie ich«, sagt er, »langsam graue Haare bekommen würdest, dann fändest du das alles nicht mehr so witzig.« Er schaut mich ernst an, sehr ernst.

»Was hat das«, sage ich, »damit zu tun, dass du hier außer Atem angekommen bist?«

Nein, wir wechseln das Thema und landen drei Stunden später wieder genau dort.

»Wenn ich genügend Geld hätte«, sagt er, »würde ich mir das Gesicht liften lassen.«

»Du siehst schick aus«, sage ich, »warum willst du das verändern?«

»Weil das irgendwann scheiße aussehen wird!«

»Ach, Blödsinn«, sage ich, »die Frauen, die wir anfassen, die sehen genauso aus wie wir. Aus uns wird niemand mehr eine Daily Soap entwickeln, das passt doch wunderbar!«

»Ja, klar«, sagt er, »aber so will ich nicht aussehen!« Er fummelt an seinem Gesicht herum, zieht seine Wangen, sein Kinn herunter und sagt: »Guck dir das an!«

»Ich finde das schön«, sage ich, »du bist so alt wie du aussiehst.«

Ich fülle die Gläser mit Rotwein nach. Dann denke ich, dass ich als Personal Trainer einen miesen Job machen würde. Es liegen drei Zitronen auf dem Kühlschrank.

»Schau mal«, sage ich, weil ich etwas sagen möchte, »das sieht doch super aus!«

Aus dem Laptop schmettert Post-Rock.

»Ja«, sagt F., »sieht super aus, das hat aber überhaupt nichts mit mir zu tun.«

Ich stehe auf, presse zwei der Zitronen in Gläser, gebe Honig dazu und gieße heißes Wasser drüber.

»Gut«, sagt F., »wir trinken das, und morgen beginnt ein neuer Tag.«

Im Ausland

Die Frau sagt: »Voilà, Monsieur!«, zwinkert und stellt das Getränk auf den Tresen, den man nur so nennen kann, wenn man sich das Brett als Tresen träumt.

Ich gebe ihr das Geld in die Hand und sage: »Merci bien, Madame!«

Sie dreht sich um, geht vier Schritte und gibt mir, während sie wieder so unverschämt zwinkert, Münzen zurück und sagt: »De rien, Monsieur!«

Ich sage, dass ich darauf nichts mehr zu antworten wüsste, meine Floskeln wären jetzt verbraucht, mehr könne ich nicht, nur noch Dinge zum Essen und zum Schlafen und zum Verabschieden. Ich lache, sie auch.

Ich denke, dass ich erklären könnte, dass ich als Schüler fast fließend Französisch sprechen konnte und dass das nun alles verschwunden sei und dass ich in einem Laden, der Ausland hieße ... und überhaupt, und dass ich vor einem Jahr, als ich in einem schicken Hotel in Luxemburg ankam, den Herren, der da an der Rezeption stand, ohne nachzudenken auf Französisch fragte, bis wann es Frühstück geben würde.

Nein, ich erklärte ihr nichts.

Als sie »De rien« sagte, bekam ich stattdessen einen hochroten Kopf, den sie nicht sehen konnte, weil das Licht gedämpft ist, und fühlte mich, als hätte ich nicht annähernd vierzigmal Silvester gefeiert oder wäre zum Feiern mitgenommen worden und hätte Sachen erlebt, die eine, die unter dreißig ist, nicht nachvollziehen kann.

Das ist so, als träfen sich zwei Vögel auf einer Bundesstraße, und der eine sagte, er wolle mal eben an die Ostsee, nur so, weil er Lust drauf hätte, und der andere sagte: »Pieps!«

Steffen Popp, einer meiner Magen- und Schienbeinlyriker, stellt sein neues Buch vor. Er setzt sich auf den Lesungsstuhl, richtet den Stand des Wasserglases, den seines Buches, den seines Körpers und sagt: »Ich freue mich, hier zu sein. Danke ans Ausland.«

Auf zwei Stühlen

»Unsa Detektiv hat zwee Mädels erwischt, die hatten hier ooch die beeden Bücha mitjenommen, komma rüber, Polizei is' ooch schon da, müssen wa klären!« Auf ihrem Namenschild steht »Gabi«.

Der Azubi schafft den Buchladen allein, ich gehe also mit ihr in den Klamottenladen, in dem nichts teurer als 49 Euro ist. Aus den in die Decke eingelassenen Lautsprechern scheppert laute Radio-Musik. Sie öffnet mit einem Schlüssel die Tür, an der »Personal« steht.

Zwei ihrer Kolleginnen, drei Sicherheitsleute des Einkaufzentrums, ein Polizist und eine Polizistin bilden einen Halbkreis um zwei Stühle, auf denen zwei vielleicht 15-jährige Mädchen sitzen, die die Kapuzen ihrer Pullover tief ins Gesicht gezogen haben. Ein Protokoll wird formuliert, es wird sehr lange formuliert, weil den Kolleginnen von Gabi immer wieder neue sachdienliche Hinweise einfallen.

Irgendwann sagt der Polizist etwas entnervt: »So, das reicht jetzt! Ist ja kein Banküberfall!«

Die Eltern der beiden werden informiert, während der einen Tränen über das Gesicht laufen. »Mein Vater ist Polizist«, sagt sie plötzlich.

»Dann mach dich mal auf was gefasst«, sagt die Polizistin.

Das Mädchen schluchzt auf.

»Zwei T-Shirts, zwei Bücher. Wenn man schon klaut, sollte man zu sich selbst großzügiger sein, oder?«, wirft eine Kollegin von Gabi ein.

Die Polizistin wirft ihr einen strengen Blick zu.

Dann stellt sich Gabi vor die beiden Mädchen und ruft: »Kiekt mich ma' an!«

Wir gehorchen alle, die Mädchen schauen erstaunt auf. »Dit machta nich' noch mal, habta dit vastanden? Kapiert?«

Die Mädchen nicken.

Ich unterschreibe das Protokoll und bekomme die Bücher zurück. Ich möchte den Mädchen etwas Tröstendes sagen. Mir fällt nichts Passendes ein. Wer »Zauberhafte Vampirschwestern« klaut, der will das auch lesen.

Bei den Profis

Ich klappe den Rechner auf. Die Demonstration befindet sich bereits auf Höhe der Kottbusser Brücke. Es klingelt, und F. kommt die Treppe emporgeschnauft.

Das Erste, was er sagt, ist: »Volles Programm?«

Ich schüttele den Kopf. Es ist lange her, dass ich das letzte Mal auf der 1.-Mai-Demonstration war. Ich habe nur noch bruchstückhafte Erinnerungen. »Wir gehen am Rand und halten uns zurück.«

Er nickt und grinst.

»Wir gehen am Rand«, sage ich.

Das Küchenfenster steht offen, wir hören den Hubschrauber, der an jedem 1. Mai wie ein Versprechen über Kreuzberg kreist. Ein Blick auf den Live-Ticker. Ein SPD-Mitglied hat sich gut gelaunt mit einigen Parteifreunden auf der Oranienstraße fotografieren lassen und das Foto getwittert. Alles ruhig im Wahlkreis. Die Demonstration biegt in die Urbanstraße. Ich schließe das Küchenfenster, wir verlassen die Wohnung und gehen ihnen entgegen.

Wir laufen am Rand und unterhalten uns über die Schulsituation in Berlin. Irgendwann reihen wir uns ein, das passiert wie von selbst. Wir biegen auf die Gneisenaustraße. Aus einem der gemieteten Kleinlaster schallt »Die Blumen sind für Sie, Herr Polizist«.

In den Neunzigern hätte man nun »Cop Killer« gespielt. Der Schwarze Block hätte die maoistischen Fahnenträger unter der Unterführung des Zentrum Kreuzberg von der Spitze des Demonstrationszuges weggeprügelt, die ersten Glasflaschen wären Richtung Polizei geflogen, und die Masse hätte sich mit einstündiger Verspätung in Gang gesetzt. In den Neunzigern waren die Neunziger.

Eine helle Männerstimme korrigiert, nachdem das Lied zu Ende ist: »Leute, Schluss mit lustig. Das hier ist kein Spaziergang. Schließt auf, überall sind Lücken, schließt auf, damit die Bullen uns nicht teilen können, lasst euch nicht provozieren, schließt auf!« Seine Stimme überschlägt sich bei dem Wort »auf«.

Und ja, wir machen das, wir schließen die Lücken.

Kurz darauf noch mal: »Das hier ist kein Spaziergang!«

Eine Mutter mit Kleinkind vor uns, an ihrem linken Handgelenk ein mit Gas gefüllter Luftballon der Grünen. Drei Reihen vor uns läuft Jutta Ditfurth in einem wallenden Mantel, mit zwei Männern in ein Gespräch vertieft.

Ein Mann ruft laut »Hallo Mama!«, und winkt. Fünfzig Menschen drehen ihre Köpfe und winken der grauhaarigen Frau zu, die aus einem Fenster im zweiten Stock lehnt. Die Frau lächelt und ballt die rechte Faust.

Vielleicht laufen hier 10.000 oder 15.000 mit. So viele wie schon lange nicht mehr. Wir laufen wieder am Rand. Die

Musik aus den Boxen der Kleinlaster ist sehr laut. Ich werde angerempelt und stolpere, will mich beschweren und sehe dann, dass sich eine Reihe Polizisten in voller Montur ihren Weg nach vorne bahnt. Die Zossener Straße ist sehr eng, und wir wollen in keinen Kessel geraten. Wir drehen uns um, doch es sind nur dreißig Helme.

Auf Höhe der Reinhardswald-Grundschule wird die Musik kurz aggressiver, dann Reggae, dann spricht eine Frauenstimme über den Kommunismus, der kommen müsse. Als sie mit den Worten »Für den Kommunismus« endet, brüllt die Frau mit Kleinkind und Luftballon: »Fick dich!« Dann erklingt die russische Hymne. Als sie endlich aufhört, und es niemanden zu stören scheint, brüllt die Frau wieder: »Fick dich!« Der Hubschrauber kreist über uns.

An der Zossener Ecke Gneisenaustraße sagt F.: »Schau mal, der letzte Sozialist auf der Gneisenaustraße«, und deutet auf den Mann, der auf seinem Balkon eine rote Fahne schwenkt, die so groß wie meine Küche sein dürfte. Er bekommt Jubel und Applaus.

Wir biegen in die Zossener Straße. F. stolpert über Pflastersteine, die ausgebuddelt worden sind. Die Rufe, die zuvor so zaghaft waren, werden nun lauter und gewinnen an Aggressivität: »A, Anti, Anticapitalista! A, Anti, Anticapitalista!« Rechts und links Polizei mit Schilden. Wir könnten nun nirgendwo anders hin, eingeschlossen sind wir.

Ich bekomme Angst und sage es F.

»Es ist alles okay, ich höre, wenn es losgeht!«, sagt er. »Das ist ein Geräusch«, er hebt beide Arme, seine Handflächen Richtung Himmel gedreht und sieht mich überzeugt an.

Ich denke daran, dass ich in den Neunzigern mitgelaufen bin, und wundere mich, dass meine Wut so groß war, dass ich keine Angst empfunden hatte.

An dem Imbiss, an dem wir vorbeilaufen, hat sich eine lange Schlange gebildet. Sie sind gut organisiert. Einer klärt in der Mitte des Raumes die Fragen, einer tütet ein, einer kassiert. Sie machen den Umsatz des Jahres.

»Und dann?«, frage ich.

»Das hört sich an, als würde man eine Sektflasche öffnen. Vertrau mir!«, sagt er.

Ich nicke. Zwei Böller explodieren, gefolgt von Jubel. In einem der zwei Schwarzen Blöcke, die jeweils aus nur drei Reihen bestehen, zündet ein Mann mit schwarzer Sturmhaube ein bengalisches Feuer an und hält es hoch. Es sieht toll aus. Wir laufen daneben. Die Dämmerung hat eingesetzt. Die Rufe werden lauter: »A, Anti, Anticapitalista! A, Anti, Anticapitalista!«

Vor einem türkischen Imbiss stehen fünf stämmige Männer mit kurz rasierten Haaren. Die Polizisten laufen direkt an ihnen vorüber. »Hurensohn, du Hurensohn«, rufen sie.

Ich werde wieder von einem Polizisten angerempelt. Ich drehe mich wütend um. Der, der mich angerempelt hat, ist längst vorbei. Ich sehe hinter dem Kunststoffvisier eines Helmes das Gesicht eines jungen Typen, der Angst hat.

Wir können ausscheren.

Die Fürbringerstraße ist von urinierenden Männern besetzt. Ich pinkele gegen einen blauen Baucontainer, auf dem drei vertrocknete Bananen liegen. Eine ältere Frau steht am offenen Fenster und beobachtet uns. Ich schäme mich und sehe auf die Bananen.

Wir reihen uns wieder ein. Ich notiere, während ich laufe. Hin und wieder werde ich argwöhnisch angeschaut, von Demonstranten und von Polizisten.

Auf der Mauer des Friedhofs stehen zwei Vermummte und schwenken Fahnen der Antifa.

Dann laufen wir wieder an der Seite, direkt hinter einer Schlange Polizisten. Der Letzte dreht sich alle zehn Sekunden um. Die Straße wird breiter. Die Enge, das Gefühl des Eingeschlossenseins ist weg.

Wir überqueren den Landwehrkanal. Es ist dunkel geworden. Das Licht der Laternen erhellt die Blätter der Bäume. Wir laufen durch eine Stadt, in der viele eine EC-Karte besitzen, auf der ein kleiner Eisbär abgebildet ist, der nicht mehr lebt. Wir laufen durch eine Stadt, in der sehr viele noch den Namen des Tierpflegers wissen, der diesen Eisbären großgezogen hat.

An der Trasse der U1 entlang. Rechts der Kanal, links ein Park. Keine Polizei. Es ist eine Strategie der Deeskalation, die gefahren wird. Gefahren, wie gesagt wird.

Das Ziel ist die SPD-Zentrale, die weiträumig abgesperrt ist. Eine Abschlusskundgebung findet sicherlich statt, wir hören sie nicht, wir sind viel zu weit hinten. Wir laufen quer durch den Park, gehen durch eine lose formierte Polizeikette und sehen, wie ein Mann und eine Frau akrobatische Kunststücke aufführen, die beklatscht werden. Mit Gittern ist die Straße zu einer Sackgasse geformt worden, dahinter Polizei. Im Laternenlicht zertritt eine Polizistin kaputte Bierflaschen zu Scherben. Sie sieht müde aus.

Wir gehen zurück zum U-Bahnhof. Ein Trupp Jugendlicher mit Rucksäcken läuft durch die Menge und ruft: »Ihr habt Bereitschaft und wir haben Bier!«

Hinter uns sagt ein Mann, er trägt Anzug, lose gebundene Krawatte, fliederfarbenes Hemd und einen dunkelroten Pullover über dem Arm: »Schatz, alles, was ich sehe, ist Polizei!«

Dann hinter uns eine behelmte Kette.

Eine Frau brüllt: »Ihr seid nur gut bezahlte Hooligans!« Sie wiederholt es ein paarmal, lauter werdend.

Ein Polizist neben uns sagt zu einem anderen: »Dass wir gut bezahlt sind, da würde ich widersprechen!«

Hier ist es vorbei.

Wir laufen die Gitschiner Straße entlang, wir laufen wie Hundert andere auf der nun für Autos gesperrten Straße, von Blaulicht überzuckt, Richtung Kottbusser Tor. Wir laufen zum Kotti, weil der Kotti ein Weihnachtsbaum ist, und unter diesem Baum wird Weihnachten gefeiert, jedes Jahr. Die Straße ist gesäumt von großen Polizeiwagen, die ich früher »Wannen« nannte. Sie kommen aus anderen Bundesländern.

Ein Flaschensammler schiebt zwei bis zum Rand gefüllte Einkaufswagen mit leeren Bierflaschen in eine Seitenstraße.

Der Kotti ist abgesperrt, Flutscheinwerfer erhellen den Platz. Wir laufen am Möbel Olfe vorbei in die Dresdener Straße. Überall Stände und Tapetentische, an denen Essen und Getränke angeboten werden.

In der Naunynstraße eine Bühne, davor dreihundert junge Männer. Ich sehe keine einzige Frau. Auf der Bühne zwanzig Jungs, die abwechselnd darüber rappen, was ihre Schwänze alles können. Als sie abrupt das Thema wechseln und einer rappt: »Mein Bruder kommt aus Palästina!«, gehen wir weiter.

Der Wind treibt Hunderte von leeren Plastikbechern über die Wiener Straße.

Mit der Forderung nach einer Revolution hat das nichts mehr zu tun. Und auch nicht mit der Frau, die Mitte der Neunziger mit einer handlichen Axt auf einen Geldautomaten der Deutschen Bank einschlug und rasch von Polizisten, die ich früher »Bullen« nannte, einkassiert wurde.

Es ist ein mieses Kreuzberger Dorffest, auf dem gesoffen, gegessen und krakeelt wird.

Zurück am Kotti hat sich die Atmosphäre verändert. Wir stellen uns unter das Zentrum Kreuzberg auf die Stufen, genau an die Stelle, an der vor genau zwei Jahren vielleicht zweihundert gut gekleidete, kurzhaarige Männer mit Migrationshintergrund immer wieder skandierten: »Ich hass Berlin, hass die Polizei!«

Es ist sehr voll, wir stehen dicht an dicht. Die Polizei ist präsent, wie man sagt.

Ein lautes Knacken, dann eine längere Rückkopplung, dann eine freundliche Stimme: »Wir werden jetzt die Fläche frei machen. Wir wünschen Ihnen einen guten Nachhauseweg. Ende der Durchsage.«

F. lacht auf und sagt: »Mein Gott, ist das höflich!«

Niemand kommt der Aufforderung nach. Nach einer Weile läuft eine Reihe Polizisten vorbei. Sie haben erschöpfte, doch konzentrierte Gesichter. Sie stellen sich auf, bewegen sich nicht mehr. Eines der Schilde ist verschrammt und hat zwei tiefe Dellen.

Im Lezzet Grill, schräg gegenüber, schneidet der Verkäufer das Dönerfleisch mit einem elektrischen Messer. Die Polizei steht, nichts passiert. Sie stellen Langeweile her.

Zwei Flaschen fliegen. Ein Böller explodiert. Die Polizei steht.

Rufe ertönen: »Wir sind friedlich, was seid ihr?« Immer wieder »Wir sind friedlich, was seid ihr?«

Die meisten sind betrunken. Eine Aggression wie bei einem Fußballspiel. Eine Aggression, die sich nicht ins Körperliche entlädt.

Direkt hinter uns steht ein Mann, der immer wieder »Du Hurensohn« brüllt. Als ihm dann etwas anderes einfällt, brüllt er: »Ich ficke deine Mudda!«, woraufhin F. sich zu ihm umdreht und sagt: »Das würde ich nicht machen!«

Dann eine Bewegung von links, drei Männer treten auf

einen Polizisten ein. Sofort wird Pfefferspray gesprüht. Die Menge weicht nach hinten, zwei fallen hin, einer auf ein Fahrrad, das nun nicht mehr fahrtauglich ist. Eine Flasche fliegt an meinem Kopf vorbei. Ich ducke mich.

»Raus«, rufe ich zu F., es gelingt nicht.

»Ich bin zu alt für diese Scheiße«, sagt F.

Vor uns die Polizei, hinter uns andere Schaulustige. Es beruhigt sich alles wieder sehr schnell. Und dann stehen alle da, etwas verdutzt, dass hier ja wirklich gerade eben was passiert ist, und empört darüber, dass sich die, die angegriffen wurden, verteidigt haben.

Wer zum Grillen eingeladen wird und hingeht, muss damit rechnen, Wurst angeboten zu bekommen. Wer sich verliebt, wird vielleicht geküsst. Wer unbedingt Weihnachten feiern möchte, geht zum Weihnachtsbaum.

Denen, die das Pfefferspray abbekommen haben, werden von Sanitätern die Augen ausgewaschen.

Ein Platzregen setzt ein. Alles strömt Richtung U-Bahnhof. Unter jedem Helm wird dem Himmel gedankt. Der Bahnhof ist gesperrt.

Wir laufen schnellen Schrittes zur U7, F. unter einem Regenschirm, einem kleinen, den er in einer Innentasche seines Mantels hatte. Ich mit einer Regenjacke, von der ich nun weiß, dass sie solch starken und dauerhaften Regen nicht abhalten kann.

Zum Abschied heben wir nur kurz die Hand. Es schüttet aus allen Kübeln. F. hastet, über Pfützen springend, zum

U-Bahnhof. Ich stelle mich unter eine Markise, ziehe die Jacke aus. Der Regen läuft mir den Rücken herunter.

Unter einem Baum stehen drei Männer mit Bierflaschen unter einer Plane, die sie mit den freien Händen über sich halten, und der eine singt laut: »Ich möchte so gern ein Pinguin sein, und alles wär' so schön!«

Fliegenfischen

Im Weinbergpark, nachts gegen eins, eine Menge Jugendlicher, die umeinander scharwenzeln. Ein paar Mädchen sitzen auf dem Betonrand des Sees. Ein genauer Beobachter würde sofort feststellen, dass es in dieser vom Vollmond bestrahlten Nacht Geschlechtsverkehr geben wird.

Aus der Mitte der großen Kinder ordnet ein muskulöser Hüne, Basketballer oder so was, ein Spiel an. Die kleineren, dünneren setzen sich in Bewegung. Leere Flaschen werden aufgestellt, ein Pullover wird freigegeben, der um eine mit Seewasser gefüllte 1,5-Liter-Plastik-Flasche gewickelt wird. Es werden Mannschaften gebildet, die sich in einer Linie aufstellen. Zwei Fronten stehen sich nun gegenüber. Die Mädchen bleiben sitzen.

Der Hüne stellt genau in die Mitte eine leere Dose. »Wer verliert«, ruft er, »muss trinken!«

Das Spiel beginnt.

»Weißt du«, sagt mein Kumpel Alexander, »was das Wichtigste auf der ganzen Welt ist?«

Er war vorher schon auf einer Geburtstagsfeier, auf der Wodka aus einem Kinderschuh getrunken wurde, und beschäftigt sich wohl deswegen mit so einer Größenwahnsinnigkeit.

Ich hebe nur leicht die Schultern. Wir sitzen auf einer Parkbank und beobachten die Jugendlichen. »Keine Ahnung, da gibt es vieles, keine Ahnung. Was denkst du denn?«

»Hey, ganz einfach«, platzt es aus ihm heraus: »Fliegenfischen, Frauen, Saufen.«

»Alexander, alter Verbrecher«, sage ich, »was für eine Reihenfolge, das läuft doch gut an, damit hast du bereits zwei Drittel abgedeckt.«

Wir holen Bier von der anderen Straßenseite und setzen uns wieder auf die Bank.

»Hast du wirklich aus einem Kinderschuh getrunken?«, frage ich.

»Ja«, sagt er.

»Okay«, sage ich und zeige nach drüben, »wir machen da jetzt mit.«

»Ich weiß nicht«, sagt er, »wie das geht.«

»Ich auch nicht«, sage ich, »wir machen einfach mit!«

Paul ist tot

Der Kritiker, der auch Schriftsteller ist, sonst würde ich mich nie am Abend mit einem Kritiker verabreden, wischt meine Entschuldigung für die Verspätung beiseite und sagt: »Alles okay!«

Wenig später kommt J., der gleich um die Ecke wohnt, mit seinem Hund hinzu.

Irgendwann sagt J.: »Ich habe heute Geburtstag!«

Wir umarmen uns. Ich sage, ich hätte gestern Geburtstag gehabt.

»Nein«, sagt er. Ich sage: »Doch!«

Wir umarmen uns noch mal.

Fußball wird gezeigt. Ronny, einer der Barmänner, erklärt uns, dass es eine Feindlichkeit zwischen Hertha und Schalke gebe, aus den Siebzigern, als dies und das passiert sei, aber es sei völlig klar, dass jeder Schalker bei ihnen willkommen sei.

Wir fragen nach.

»Männer«, sagt er, »Blau und Weiß, klar, das tragen beide Mannschaften. Ich habe früher in einer Hertha-Kneipe gearbeitet. Da kam ein Schalker rein, schon ziemlich strack. Mein Chef, zwei Meter, ein Tier, der hätte den getötet. Ich also stelle mich vor den Schalker, mein Chef hinter mich, und sage: ›Du hast drei Optionen: Du verpisst dich, ich drück dir eine, oder der hinter mir tut das.‹ Der Schalker sagte: ›Eins!‹, und ist raus.«

»Was ist mit eurem Kneipenhund«, fragt der Kritiker.

»Der ist tot«, sagt Ronny.

»Und Paul?«

»Paul ist auch tot.«

Dann legt Ronny eine CD ein. Ohrenbetäubend singen die Schlümpfe »Alles Gute zum Geburtstag«. Ronny schubst mit seinem Kollegen alle Lampen an, die über dem Tresen hängen. Die Kneipe singt mit. Ronny wedelt mit den Armen und zeigt auf das Geburtstagskind. Alle schauen zu J., er sieht ein wenig gequält aus.

Der Kritiker sagt zu mir: »Wir sind oft hier. Der ist gut der Laden!«

Ich habe es längst kapiert.

Als das Lied zu Ende ist, wechselt Ronny die CD gegen eine andere, kommt zu uns und sagt: »Wollt ihr noch Bier, ihr verdammten Schmierfinken?«

Der Plastikbaum

Wir waren erst in der Kleinen Markthalle Rostbratwürstchen essen, dann sahen wir im Festsaal Kreuzberg die Band Herrenmagazin, die ein tolles Konzert gab. Als es zu Ende war, saßen wir unentschlossen vor dem Saal und teilten uns ein Bier.

»Café, Kneipe oder üble Kneipe, worauf hast du Lust?«, fragte ich.

»Üble«, sagte sie und lächelte.

Wir liefen vom Kottbusser Tor die Graefestraße hinunter, vorbei an zwei, drei Orten, vor denen Menschen saßen, die vielleicht noch nie in Spandau oder Lichtenberg gewesen waren.

Als ich einmal an einem Tag, der schon der nächste war, in diese Kneipe ging, weil ich wusste, dass dort ein Boxkampf gezeigt würde, setzte ich mich an den Tresen, bestellte was und sah auf den Fernseher. Einer der zwei Blaumann-Träger, die weiter vorne saßen, ging zur Toilette. Wenig später hörte ich ein Geräusch, als wäre der Mann hingefallen. Da sich der andere Typ nicht rührte, sah ich weiter auf den Fernseher. Nach vielleicht drei Minuten sagte der andere zu der Barfrau: »Micha is' uffe Fresse!«

Die Barfrau sagte: »Kiek ma' nach!«
Der Mann stand langsam auf und ging nach hinten.
Dann waren wir vor der Kneipe, und ich sagte: »Okay, übel, übel!«, und öffnete die Tür.
Die Kneipe war überfüllt, der riesige Plastikbaum, der in der Mitte des Raums stand und alles mit seinem dichten Plastiklaub zu beschützen schien, war verschwunden. Studenten, mehrere Schriftsteller, die wir kannten und begrüßten, ein Lektor, ein Agent, ein Journalist, herrje, sie waren alle gekommen und hatten diese wunderbar-versiffte Kneipe zerlegt. Aber wo, verdammt, wo waren die Säufer hin?
Ich sondierte den Raum. Da war noch einer. Er saß am Tresen und schaute sich mit aufgeschwollenem Gesicht etwas verwundert um.
Ich stellte mich neben ihn und fragte »Was is'n hier passiert?«
Er sah mich lange aus glasigen Augen an und sagte: »Weeß ick ooch nich'.«

Brezeln

In einem Henkerstempo fahre ich mit der Tochter zur Kinderärztin. Eine Vorsorgeuntersuchung steht an. Es ist der letzte Tag dafür. Ansonsten würde sich das Amt melden, und wir müssten deswegen in die Charité. Wir schaffen es pünktlich und kommen sofort dran.

Die Arzthelferin testet Augen und Ohren. Dann kommt die Ärztin und redet eine Weile mit der Tochter.

Was sie essen würde. Tomaten – ja, Wurst – ja, Sauerkraut – ja, einfach alles, was Blödsinn ist, aber wir müssen in einer Stunde den Sohn und seinen Freund abholen. Also keine Verwicklungen. Ob sie schon ohne Windeln schlafen würde. Auch das bejaht die Tochter. Fahrradfahren – ja. Schwimmen – ja.

Ich unterbreche, dass es mir leidtäte und dass wir eigentlich in Eile wären. Nachts Windel, Laufrad und Plantschen in der Badewanne. Ansonsten Trotzphase, alles im grünen Bereich.

Die Ärztin lächelt. Die Tochter soll noch etwas malen und Gegenstände benennen.

Zum Schluss wird die Tochter gelobt und gefragt, ob sie ein oder zwei Brezeln möchte. »Vier«, sagt sie.

»Dürfen wir einen Film sehen?«, fragt der Schulfreund des Sohnes.

Wir fahren von dem Schülerladen mit den Rädern nach Hause.

»Nein«, sage ich, »ihr könnt spielen.«

Doch er hakt nach: »Dürfen wir Süßigkeiten?«

»Nein«, sage ich.

Als ich sie abholte, hatten sie schon eine Tüte Gummibärchen geleert.

»Was dürfen wir überhaupt?«, mault der Sohn.

»Jeder von euch bekommt ein Glas Wasser!«, rufe ich, und das scheint die beiden so zu schockieren, dass sie sich mit den Lenkern verhaken und stürzen. Die beiden stehen wieder auf.

»Alles in Ordnung?«, frage ich.

»Dürfen wir jetzt Süßigkeiten?«, fragt der Freund. Der Sohn grinst hoffnungsvoll.

»Ich glaube«, sage ich, »ich muss jetzt mit euch zum Arzt!«

Die beiden sehen mich aus großen Augen an und sagen dann gleichzeitig: »Nein!«

Und die Tochter, die die ganze Zeit keinen Mucks von sich gegeben hat, ruft: »Ja!«

Ein Mann, ein Auto

Der Sohn blättert in einer »Star Wars«-Zeitschrift und will wissen, wie die Teile eines Raumschiffes heißen. Er drückt mir die Zeitschrift in die Hand.

»Probier's selbst«, sage ich und gebe sie ihm zurück.

Nach einer Weile blättert er um und entziffert mühsam das Wort »Android«, winkt aber sofort ab und sagt spöttisch: »Die können nichts, die sind schwach! Die haben weniger als 50 im Angriff!«

»Kennst du die Filme?«, will er dann wissen.

»Klar«, sage ich, »die kenn' ich alle!«

»Fandest du ›Star Wars‹ als Kind auch gut?«, fragt er.

»Ich kannte das gar nicht richtig. Oma und Opa fanden es nicht gut.«

»Aber ich finde es gut!«

»Weiß ich«, sage ich.

»Was fandest *du* gut?«

Ich überlege zu lange.

»Papa?«

»Ich denke noch nach, das ist ja schon eine Weile her!«

Doch, klar, plötzlich erinnere ich, wie ich mich mit meiner Schwester direkt nach der Schule vor dem Fernseher traf.

Das Privatfernsehen war neu und aufregend, und Mittagessen konnten wir abends. Einer setzte sich auf die Couch, der andere in einen Sessel. So wahrten wir Abstand, was uns erwachsen vorkam, schließlich waren wir allein in der Wohnung und hatten die Fernbedienung.

Die Titelmusik lief. Dieses sagenhaft coole, schwarze Auto fuhr durch das staubige Niemandsland der USA. Eine Stimme sagte was, vielleicht: »Ein Mann, ein Auto« – so etwas in der Richtung. Und dann setzte die Musik ein.

Wenn wir als Einwohner von Westberlin nach langem Warten an der Grenzkontrollstelle Dreilinden endlich wieder fahren konnten, lag vor uns die aus Platten gebaute Transitstrecke. Die Worte »DDR« und »Höchstgeschwindigkeit« kamen nicht zusammen, da-damm, da-damm, da-damm, das war der Sound der Platten. Wir saßen hinten und summten die Titelmusik von »Knight Rider«, das passte wunderbar zu dem Straßenbelag.

»Es gab eine Serie, die ich super fand. Da kämpfte ein Mann namens Michael gegen Verbrecher, zusammen mit seinem Auto, das ziemlich alles konnte.«

»Was konnte das Auto?«, will der Sohn wissen.

»K.I.T.T., so hieß das Auto, das konnte sprechen«, sage ich, »es hatte Radar und konnte telefonieren. Und es konnte Befehle annehmen. Michael hatte eine schwarze Armbanduhr mit einem Mikrofon. Damit konnte er Befehle an K.I.T.T. weiterleiten, und das Auto setzte sie um.«

Der Sohn sieht mich abwartend an. Herrgott, denke ich,

jedes verdammte Handy kann so was oder kann es bald. Ja, das ist öde.

»Ja, okay, hört sich nicht so spannend an.«

Der Sohn nickt.

»Es gab auch eine Fernsehserie mit einem Hubschrauber, der auch ziemlich viel konnte, der war mit Raketen bestückt, das fand ich auch ganz gut.«

Der Sohn blättert schon wieder in seiner Zeitschrift.

»Wann kann ich die ›Star Wars‹-Filme sehen?«

»Wenn du älter bist, dann sehen wir sie zusammen. Schlaf jetzt.«

Ich knipse seine Bettlampe aus und schalte im Wohnzimmer den Fernseher ein. Die Berliner Abendschau verabschiedet sich gerade.

Meine Eltern sahen das fast jeden Abend und jedes Mal sagte der Sprecher, ein Mann mit großer Brille, zum Schluss: »Macht's gut, Nachbarn.« Dann redet Angela Merkel in der Tagesschau über Dinge, über die eine Steckdose ebenso reden könnte, wenn sie reden könnte.

Das letzte Mal, als ich Michael Knight in einer eindrucksvollen Rolle im Fernsehen sah, da war ich 14, und sein Darsteller sang »I've been looking for freedom since I left my home town« von einer Hebebühne, die seitlich am Brandenburger Tor stand, auf das betrunkene, sich in den Armen liegende Deutschland herab. Das war das Ende der Achtziger, wie wir sie kannten.

»Star Wars« wird bleiben, für immer.

Schloss

Wir kommen an unserem Haus vorbei. Die Tochter hat auf den Mittagschlaf verzichtet und sieht aus, als hätte sie diesen Tag schon mal erlebt. Der Sohn hat einen Termin, wir sind in Eile.

Zuvor muss er dringend auf Toilette. Mit dem Schlüssel rennt er hoch.

Als er zurückkommt, sagt er lächelnd: »Ich habe geschlumpft.«

»Wie meinst du das?«, frage ich.

Er habe den Schlüssel auf den Boden geworfen, sei auf Toilette gewesen, und dann habe er die Wohnungstür wieder zugezogen.

»Wo ist jetzt der Schlüssel?«

»In der Wohnung, und die Tür ist zu.«

Schlüsselnotdienst, denke ich. 150 Euro, denke ich. Vielleicht muss das Schloss dann ausgewechselt werden, und ich muss Duplikate des Schlüssels machen lassen. Nein, keine Option. Der Termin, der ist wichtig.

Unterwegs versuche ich, die Großeltern, die nicht verreist sind, zu erreichen. Vielleicht sind sie »in der Stadt«. In der Stadt, wie sie sagen, obwohl sie darin wohnen, nur weit weg.

Ich erreiche sie nicht. Ich rufe auf der Arbeitsstelle der Mutter der beiden an. Der Schlüssel würde bereitliegen.

Ich liefere den Sohn ab und nehme mit der Tochter ein Taxi. Sie will nicht auf den ausklappbaren Kindersitz und ich jetzt kein heulendes Kind. Ich nehme sie auf den Schoß und bitte den Fahrer, vorsichtig, aber zügig zu fahren. Er sagt »Jaja«, als würde er diese Formulierung schon auswendig kennen, und dreht Antenne Brandenburg lauter.

Die Tochter schläft ein, während die Gedächtniskirche an uns vorbeizieht. Wir holen den Schlüssel ab, nehmen erneut ein Taxi, vorsichtig, aber zügig, die Tochter schläft wieder ein. Wir kommen rechtzeitig zurück.

»Hier«, sage ich zum Sohn und drücke ihm den Schlüssel in die Hand, »du schließt auf!«

Er grinst.

Ich trage die Tochter, die nun langsam wieder zu sich kommt. Als wir fast das Haus erreicht haben, sagt sie: »Fahren wir morgen wieder Taxi?«

Schwalben

In der kürzesten Nacht des Jahres sitzen wir im vierten Stock auf einem Balkon und sehen, wenn wir die Köpfe nach links drehen, auf der anderen Straßenseite auf Augenhöhe einen Lampion, der so aussieht wie die Sonne, die nun langsam hinter den Häusern verschwindet.

Die Würstchen auf dem Grill müssen oft gedreht werden, sie drohen zu verkokeln. Der Gastgeber nimmt auf Anraten der Gastgeberin den Rost heraus und steckt ihn fünf Zentimeter höher wieder hinein.

Wir essen und trinken und reden eine Weile über »Dirty Dancing«, dann über Musik, die uns in der Pubertät wichtig war. Die einen waren von Geburt an Punks, die anderen mussten erst über Modern Talking, a-ha und Rammstein zu reflektierten Menschen werden.

Ich war, es ist ein halbes Leben her, bei Rammstein in der Wuhlheide und habe getanzt, und das mag ja wohl das Beste sein, wenn Musik und Tanzen zu einer Einheit würden.

Die Autorin, die in einer Schreibkrise steckt, legt ihren Kopf, nachdem die Sonne aufgegangen ist, in die Hände und schläft ein bisschen.

Als wir über sie reden, sagt sie plötzlich: »Ich höre euch. Ich schlafe nicht, ich döse nur ein bisschen.«

Wir werden, so planen wir, es ist ja alles ganz einfach, eine Band namens Blitzboy gründen. Wir werden zwei Blockflöten, drei Silber- und kein Goldkehlchen haben. Eine kann Standard tanzen, die anderen nicht, wir würden unser Bestes geben. Wir hätten gleiche Frisuren, gleiche Klamotten und würden sagen, wir hätten uns im BWL-Grundkurs kennengelernt.

Als die Sonne genauso aussieht wie der gegenüberhängende Lampion und uns blendet, trinken wir Wodka, der den einen zu streng, den anderen zu parfümiert schmeckt. Ich hatte ihn mitgebracht und denke, es ist egal.

Wir sind auf Schwalbenhöhe.

Die Sonne steigt weiter, und in diesem zauberhaften Licht stehen wir auf, umarmen die Gastgeber, nehmen die Räder und fahren los.

Sagenhaft schön

»Das Roxy, du bist doch da manchmal«, sagt die Nachbarin auf der Treppe, »das hat dichtmachen müssen, die haben zu hohe Mietforderungen gestellt.«

Ich war vier Wochen verreist. »Meinst du das ernst?«, frage ich.

Sie nickt.

Ich stehe mit dem Laptop in der Tasche vor dem Ladengeschäft, in dem mal das Roxy war. Ich sehe durch die Scheibe in einen leeren Raum. Alles ist weg, selbst die Spiegelfront auf der rechten Seite, auch die sechs gleichen Marilyn-Monroe-Fotos, die über dem Tresen hingen. Ja, es war unglaublich hässlich, es war sagenhaft schön. Weg auch der Tisch, an dem ich einmal pro Monat saß und Weltliteratur schrieb, weg der Tisch daneben, an dem oft Piraten saßen, die sich immer wieder darüber austauschten, warum sie aus FDP, CDU und SPD überliefen. Immer sahen sie aus, als wären sie die Reste einer von der Polizei geräumten Wagenburg. Der Tresen weg, an dem der Barkeeper des Öfteren die Verhältnisse klären musste. Er war niemand, dem man ansah, dass er klären könnte, was anderswo in Verwüstung geendet hätte. Ein sanfter Mann, der zu seinen Kindern, zu seinen

Bier trinkenden Kindern sprach, und wir alle befolgten, was er anordnete. War Schluss, war Schluss. Wir packten unsere Sachen zusammen, zogen Pullover oder Jacken über. Wir wussten, wir alle wussten, dass er am nächsten Morgen seine beiden Kinder zur Schule bringen musste.

Wenn ich hereinkam, nahm ich mir die Tageszeitungen, setzte mich an meinen Platz, der immer frei war, und, obgleich ich selten da war, stand kurz darauf das Getränk vor mir, das ich gerne trinke.

Eines Abends stand ein Betrunkener neben mir und sagte: »Wad machst du denn hier. Du trinkst so komisches Bier, so komisches Scheiß-Bier.« Ich sah ihn an, öffnete den Mund, doch bevor ich etwas sagen konnte, sagte er: »Boah, komm, du hast ja nich' mal 'nen Apple!«

Goethe

Die Männer, die so aussehen, als wären sie frustrierte Lehrer für Menschen, die sich gerade als Menschen entdecken, bestellen eine neue Runde. Die Tische stehen auf dem Bürgersteig der Urbanstraße.

»Also, richtige Alkoholiker, da kannte ich einen, der hat nach 15 Weizen noch Schopenhauer zitiert, der war dünn wie 'ne Bohnenstange, hat dann eine Erziehungskur gemacht, äh, Entziehungskur, hat nicht geholfen, schwerer Alkoholiker, seine Frau konnte auch nichts machen.«

Wenn er jetzt Schopenhauer bringen müsse, was das Letzte sei, schaltet sich erregt der ein, der ein Basecap mit dem Schriftzug »Hauptstadtrocker« trägt, wolle er sich nicht weiter unterhalten.

Der nächste Tag hat längst begonnen, zwei Uhr, ein leichter Wind von links, ich bin dazwischen geraten.

Niemand möchte etwas dazu sagen. Einer reckt den Kopf nach hinten und schaut in den Himmel. Die anderen sehen nun auch nach oben.

Langes Schweigen, einer räuspert sich, hustet dann heftig, zu viele Zigaretten, und sagt dann: »Der Job war scheiße, ich habe jeden Abend gesoffen, jeden, wirklich jeden.«

Keiner reagiert, der halbe Tisch kennt das.

»Jeden!«, fängt er wieder an.

Alle nicken.

»Komme morgens ins Büro, ich hatte wirklich jeden Tag eine Fahne, und mein Kollege fragt: ›Was ist das denn für ein Rasierwasser?‹ Und ich sage: ›Schultheiss!‹« Er lacht schallend auf.

»Und jetzt langweile ich mich, was soll ich den ganzen Tag auch machen, kacken, einkaufen, schlafen, nee, dit is' pottlangweilig, kiekt ma'!« Er fuchtelt mit seinen Fingern in der Luft herum. »Großer Wagen, kenn' ick, hier und hier Himmels-W!«

Dann steht eine Frau zwei Tische weiter auf und sagt: »Komm, mein Süßer, wir gehen jetzt nach Hause«, bückt sich und nimmt einen blendend weißen Pudel auf den Arm.

»Kenn ick«, ruft plötzlich einer der Männer, die bisher nichts sagten, »kenn' ick vom Abitur, Pudel und Goethe, dit kenn' ick!«

Die Berliner Stadtmusikanten

Der Schnupfen ist besser geworden. Der von der Tochter und meiner.

Ich merke es daran, dass ich den Esel rieche, und daran, dass die Tochter ruft: »Der Esel ist wach!«

Wir sind zu früh, also biege ich ab in die Hasenheide. Wir stapfen durch das Gebüsch, und ich muss die Tochter hochheben, damit sie ihn sehen kann.

Wir fahren den Hügel wieder hinab, vorbei an dem schlafenden Minigolfplatz, und biegen wieder auf die Straße.

In der Mitte der rechten Fahrbahn liegt ein überfahrener Fuchs. Ein Lkw muss ihn erwischt haben. Sein Gesicht sieht verzerrt aus, als würde er es in seinem Fuchshimmel amüsant finden, dass nun jeder Zweite, der von Kreuzberg nach Neukölln fährt, über ihn hinweg muss.

Wir halten an einer Ampel.

Neben uns eine Frau auf einem Hollandrad. Menschen auf derartigen Fahrrädern sehen immer ein wenig aus, als hätten sie eine Gehschwäche. Sie sieht uns so an, wie ich sie ansehe. Macht nichts, es ist kurz nach acht. Ihre Hosenbeine sind hochgerutscht. Sie trägt Socken, auf denen kleine, gepunktete Schildkröten zu erkennen sind.

Auf der anderen Straßenseite stützt sich ein Betrunkener mit der rechten Hand an dem Ampelmast ab, während er laut schimpfend mit einer Sektflasche, die er in der anderen Hand hält, auf uns deutet. Er steht noch immer dort, als wir an ihm vorbeifahren.

Man hätte alles parat für die Berliner Stadtmusikanten: Unten der Esel, auf ihm der Besoffene, auf der einen Schulter den platten Fuchs, auf der anderen eine Schildkrötensocke.

Ach ja, meine Heimat, denke ich, nachdem ich die Tochter weggebracht habe, und ich bin so hundemüde an diesem Morgen, sonst würde ich so etwas nicht denken. Die Band Monostars singt: »Heimat ist dort, wo ich gerne wär', doch das trifft's auch nur ungefähr.« Ich denke, Heimat, das sind immer die anderen. Die Wolken über dem Hermannplatz sehen aus wie geronnene Milch.

Kühlschrankbier

Wir waren auf einer Lesung. L., der aus Litauen kommt, erzählt von der Arbeit der dortigen Sprachkommission. Ich rufe M. an. Er erklärt den Weg und sagt, dass das Bier ausginge und es gut wäre, wenn wir ein Sixpack mitbringen würden.

So laufen wir eine Viertelstunde später mit so einem Ding in einer Plastiktüte eine Straße herunter, und ich denke, dass man das früher, im letzten Jahrtausend, mit zwei Fingern trug. Eine Tüte wäre das Letzte gewesen.

Dem Geburtstagskind, dass ein gestreiftes Hemd und Zweitagebart trägt, erklären wir etwas umständlich, dass wir Freunde von M. und A. seien und sehr gerne mitfeiern würden. Leider vergessen wir zu gratulieren. T. stellt uns kurz vor, wir seien Lyriker, sagt er.

Das Geburtstagskind mustert uns belustigt und sagt: »Alles gut, Jacken ins Schlafzimmer und klaut keine Gedichtbände!«

Wir legen die Jacken ins Schlafzimmer, Bücher haben wir eh zu viele, und treffen M. und A. auf dem Balkon.

»Bier?«, sagt M.

»Kühlschrank«, sage ich.

Es ist der vierte Stock, vielleicht drei Meter über den Baumkronen. Sieht man länger nach oben, werden die Sterne klarer. Wir reden und trinken das Kühlschrankbier. Wir reden und trinken von dem, was in der Küche steht.

Irgendwann, die Messung der Zeit wird eh überschätzt, tanzen wir zu Elvis und Elvis und noch mal Elvis. Der Mann, der die Musikanlage bedient, sieht eigentlich aus, als könnte er die gesamte Postmoderne rückwärts aufsagen, aber nein, Elvis. Wir tanzen wild, reißen die Arme zur Seite, holen das Letzte aus den Beinen, als könnten wir alle Sprachkommissionen der Welt niedertanzen. L. hat einen langen Backen- und Kinnbart, der sich dabei leicht bewegt.

Nach dem 35. Elvis-Song, rufe ich dem DJ zu: »Themenwechsel.«

Er lächelt und nickt und wechselt zu den Stray Cats. Manchmal müsste man die Klappe halten.

Ich bin Manuel Neuer

Mit dem Sohn gehe ich an einem Sonntagnachmittag auf den Fußballplatz, der sich auf der unserem Haus gegenüberliegenden Seite der Straße befindet. Ein Verein ist dort ansässig. Zwei, drei Männer stellen vor dem anderen Tor Verkehrshütchen auf. Okay, Slalom mit Ball am Fuß.

»Du gehst ins Tor, ich bin im Sturm«, sagt der Sohn.

Er legt sich den Ball zurecht, nimmt Anlauf, zieht ab, und ich bekomme den Ball in den Bauch.

Mir bleibt kurz die Luft weg, ich bemühe mich, stehen zu bleiben. Ich fluche leise.

»Null zu null«, ruft der Sohn.

»Hey«, rufe ich, »du gehst jetzt mal fünf Meter weiter nach hinten!«

Es ist eine ganze Weile her, dass wir Torschüsse geübt haben. Zu dieser Jahreszeit ist er fast jeden Nachmittag mit seinen Schülerladen-Kumpels auf einem Bolzplatz, das hatte ich unterschätzt. Die nächsten Bälle pariere ich.

»Ich bin Manuel Neuer!«, rufe ich.

Er hält inne.

»Weißt du, wer das ist?«, rufe ich.

»Ja«, ruft er zurück, »der Beste, aber ich bin Bayern München!«

Er läuft immer wieder an, ich wehre alles ab.

Jedes Mal ruft er laut: »Scheiße!«

Hinter dem Tor, auf der anderen Seite des Zaunes, hinter dem ein Spielplatz angrenzt, steht plötzlich ein gleichaltriger Junge und sagt: »Das darf man nicht sagen!«

Ich frage ihn, ob er mitspielen wolle. Nein, will er nicht.

»Das darf man nicht sagen!«, sagt er noch mal.

»Was darf man nicht sagen?«, frage ich.

»Scheiße«, sagt er leise.

»Jetzt hast du es selbst gesagt, gar nicht so schlimm, oder?«, sage ich.

Er nickt schüchtern.

Ich frage ihn, ob er nicht doch versuchen wolle, ein Tor zu schießen.

»Ich frage Mama«, sagt er und rennt weg.

Wir spielen weiter. Wenig später kommt er um die Ecke auf das Feld gerannt.

»Okay«, sage ich, »ihr versucht, ein Tor zu machen, alles klar?«

Er nickt, stellt sich direkt neben den Sohn, der ein wenig irritiert wirkt, und brüllt aus voller Kehle: »Kacke!«

Posemuckel

Ich war mit K. im Kino Babylon, und wir sahen, wie die Welt gerettet wurde.

Als das zweite Mal der todkranke Timmy gezeigt wurde, flüsterte K.: »Mit kranken Kindern kriegst du jeden!«

Als dann endlich Matt Damon den Boden für Gerechtigkeit für jeden Menschen bereitet hatte, und ein Klavier tropfte, sagte ich leise zu ihr: »Ich weiß, dass das alles Mist ist, aber ich habe Gänsehaut.«

»Ich auch«, sagte sie leise.

Vor dem Kino hielt eine Autokolonnen-Hochzeitsgesellschaft an einer roten Ampel und hupte. Aus dem ersten Wagen sahen wir die Oberkörper von drei Männern hängen, einer hielt eine Kamera, ein anderer ein Mikrofon, der dritte wedelte mit einer türkischen Fahne. Zwei junge Männer in engen Jeans und mit Vollbärten, aus Posemuckel oder Spanien oder so, fotografierten die Szene. Einer der beiden sagte zum anderen, dass er das voll abgefahren fände – also doch Posemuckel –, und dann schaltete die Ampel auf Grün.

Wir stiegen auf die Räder. K. ist mit ihrem vor Kurzem über eine neue, noch nicht getrocknete Asphaltpiste gefahren und hat nun, wenn sie fährt, einen akustischen Rhythmus, der gewöhnungsbedürftig ist. Der Dynamo meines Rads, der nur noch alle fünf Meter auf den Reifen trifft, passte ganz gut dazu.

»In die Welt sollten Sie damit nicht mehr«, wie der Fahrradhändler sagte, »aber für Berlin reicht's!«

Wir fuhren die nächtliche Straße entlang und hielten an einer Kreuzung, an der ein Tumult entstanden war. Ein schwarzer Kampfhund von der Statur einer Waschmaschine hatte sich in die Schnauze eines anderen Kampfhundes verbissen. Beide Eigentümer zerrten an den kurzen, straffen Leinen. Einer schrie aufgeregt, der andere schlug seinem Tier immer wieder mit der flachen Hand auf den Kopf. Ein Kreis Smartphones filmte das Geschehen.

Wir brauchen Matt Damon, dachte ich.

Im Diener

Kommt man von einer Lesung im Buchhändlerkeller, geht man anschließend in den Diener. Das ist ungeschriebenes Gesetz, und dieses Gesetz besteht seit Jahrzehnten. Solche Gesetze werden weder hinterfragt noch für gut oder schlecht befunden. Sie sind vorhanden und das ist auch schon alles.

Das Restaurant wurde in den Dreißigerjahren von dem Schwergewichts-Boxer Franz Diener gegründet. Hier saßen schon Nazis und Anarchisten, Boxer und Künstler. George Grosz, der gleich nebenan wohnte, unterhielt hier mit Gottfried Benn einen Stammtisch. Jeder, der mal hier war und eine eigene Autogrammkarte dabei hatte, hat sie unterschrieben und hier gelassen. Sie hängen nun tapetengleich in dem gelben Kneipenlicht.

Jetzt sitzen wir hier an einem großen, runden Tisch, auf dem mittig das Stammtischschild steht. Einen Tisch weiter sitzen die, die zum Inventar gehören. In der Speisekarte werden Stullen mit Griebenschmalz angeboten.

Die Malerin fragt in die Runde, wer mitessen würde. Zwei nicken, und dann geht eine Diskussion los, was Grieben sind, wie man Schmalz herstellt, und welche Großmutter das beste Griebenschmalz machen konnte.

Nachdem wir uns alle eine Portion geteilt hatten und alle

einverstanden waren, dass alle Großmütter gute Griebenschmalz-Großmütter waren, erzählt C., dass sie vor einem fast halben Jahrhundert in Lankwitz zur Schule gegangen sei. Die Malerin hakt nach.

Und dann ist da plötzlich dieser absurde Moment, dass drei Berliner Eingeborene, die auch noch dieselbe Schule besucht haben, an einem Tisch sitzen und gemeinsam Griebenschmalz essen. Ansonsten nur Menschen aus Hamburg, Stuttgart und Ortschaften, die weder einen Bahnhof noch einen Imbiss haben.

»Du berlinerst überhaupt nicht«, sage ich zu C.

»Kann ick ändern«, sagt C.

»Sagt mal«, sagt dann einer, der am anderen Tischende sitzt, »wo ist eigentlich Lankwitz?« »Lankwitz«, sagt die Malerin, »ist da, wo du noch nie warst!«

Benzin alle

Es stimmt nicht, dass böse Menschen keine Lieder haben, auch hässliche haben sie, aber sobald sie den Singemund öffnen, werden die hässlichen ein wenig schöner, und die bösen sind mit Singen beschäftigt.

Es nieselt. Der Sohn ein paar Meter vor mir, die Tochter auf dem Laufrad hinter mir. Wir sind spät dran und singen: »Hey, Pippilotta!«

Dann erreichen wir die Stelle der Männer.

»Is' dit Benzin alle, oda wat? Wird dit noch ma' wat?«

Die beiden stehen immer an der gleichen Stelle, selbst von diesem Wetter lassen sie sich nicht abhalten. Was sie da eigentlich machen, vielleicht wissen sie es selbst nicht genau, zumindest haben sie ihren Spaß.

Wenn der Größere der beiden seine tiefe Stimme erklingen lässt: »Is dit Benzin alle, oda wat?«, ist das der Moment, in dem die Tochter über das ganze Gesicht grinsend mit dem Laufrad beschleunigt, und wahrscheinlich schon darauf wartet, den Mann rufen zu hören: »Na, jeht doch, jut machste dit!«, und er ruft es jedes Mal.

Der Sohn ist schon über die Kreuzung und schließt sein Rad an den Schulzaun.

Ich treffe einen, den ich seit Jahren nicht gesehen habe. Er sagt: »Kleinen Moment«, und schließt das Rad seiner Tochter an.

Der Sohn hat sich noch einmal nach uns umgesehen und ist schon in dem Schulgebäude verschwunden.

»Und?«, frage ich Thomas, sein Name ist plötzlich wieder da. Das war der, der damals mit Susi, mit der ich auch wollte …

»Innerer Normalbetrieb«, sagt Thomas, »und bei dir?«

»Auch Betrieb«, sage ich.

»Ich habe mir«, sagt Thomas, »gestern auf YouTube AC/DC angehört, Waldbühne, weißt du noch?«

Ich weiß es noch, sage es aber nicht.

Und dann fängt Thomas an, Angus Young, den Gitarristen von AC/DC, der ein Plektrum der Stärke heavy gebraucht, nachzuahmen, während er ziemlich laut »Hells Bells« summt.

Ich nicke der Sachkundelehrerin des Sohnes zu, die an uns vorbeigeht.

Das neue Fahrrad

Es war zu Beginn dieses Jahrtausends. Mein Fahrrad war gerade geklaut worden, und ich brauchte dringend ein neues.

Ich lief durch die Oranienstraße und sah aus den Augenwinkeln in einem Schaufenster eine Gurke. Die Gurke klemmte auf dem Gepäckträger eines einfachen schwarzen Fahrrades, darauf ein Schild: »Kiezgurke 199 Euro«. Eine Gangschaltung war nicht vorhanden. Gut, dachte ich, die paar Erhebungen in dieser Stadt lassen sich auch ohne bewältigen. Nach fünf Jahren hätte ich es nicht mal mehr anschließen müssen, niemand hätte es gewollt.

Ich fuhr länger als zehn Jahre mit diesem Rad. Ich flickte und pflegte es, ich bin bei Regen und bei Schnee damit gefahren. Ich habe darauf gelacht und darauf geflucht und darauf geheult. Ich fuhr meine Kinder darauf herum, ich fuhr in Brandenburg von Niederfinow nach Hohenfinow, was nicht ganz gelang. Ja, gut, da, das eine Mal, musste ich es schieben.

Vor ein paar Tagen machte es endgültig schlapp. Einige Zähne des vorderen Kranzes waren abgebrochen, die Kette hing traurig herab. Ich kaufte mir ein neues Fahrrad.

Es sieht irre gut aus, dazu ein Fahrradschloss, das jeden

potenziellen Dieb zusammenzucken lässt. Seitdem fahre ich doppelt so schnell und erreiche alles, was ich erreichen will, nur bin ich verschwitzt.

Neulich war ich auf einer kleinen Geburtstagsfeier, und wir tranken Gin Tonic mit Gurke. H. bestand darauf, in jedes Glas mindestens zwei dünn geschnittene Scheiben zu legen, bevor sie das Getränk darüber goss.

»Melone«, sagte H., das schmeckt wirklich nach Melone!«

Wir machten dümmliche Bemerkungen.

H. sagte sehr ernsthaft: »Die Gurke ist ein unterschätztes Gemüse!« Sie hielt das Schneidebrett in der einen, das Messer in der anderen Hand.

Innerlich nickte ich und dachte an alle Salate, die ich je zubereitet hatte. Wir tranken, und es schmeckte nach Melone. Ich dachte an mein altes Fahrrad und sagte: »Ja!«

Ein Roman

Wir haben uns für ein Café in der Nähe des Senefelder Platzes entschieden. Wir haben uns sehr lange nicht mehr gesehen, vielleicht könnten wir von drei Silvesterfeiern erzählen.

Hier hatten wir ein Buch gefeiert. Hier saßen wir wenig später, er beruflich zwischen einigen Stühlen, und die Stühle hatten keine Rückenlehnen, ich mit einem langen Text, der so dringend, ich wünschte es mir so sehr, ein Roman, ein Buch werden sollte. Er hatte den Text gelesen, er redete sehr vorsichtig darüber, dann lobte er eine Szene, eine einzige. Ansonsten solle ich noch mal dies und das überdenken, das Personal anders strukturieren. Wie, dachte ich, strukturiert man Personal? Ich wusste es nicht, ich war gekränkt und verzweifelt, ich fragte nicht. Dann bekam er einen Job in einer anderen Stadt.

Als ich vor einigen Wochen dachte, dass ich mit diesem Text noch etwas machen könnte, las ich ihn während einer Zugfahrt. Ich las Absätze, die fand ich großartig, ich las welche, sie waren deutlich in der Mehrheit, die waren schlecht oder albern oder peinlich oder alles zusammen.

Die Bedienung, die schon attraktiv gewesen war, als wir das Buch feierten und als ich nicht wusste, wie man einen

Roman schreiben könnte, ist noch immer da und sieht noch immer attraktiv aus. Sie ist älter geworden, ja, so ist das. Wir sagen, dass Männer besser altern als Frauen, und das sagen wir wahrscheinlich nur, weil die attraktive Frau älter geworden ist. Wir reden nicht darüber, warum Männer, die wir sind, gleichaltrige Frauen, die viel schlechter altern, attraktiv finden.

Wir reden weiter und verabschieden uns dann. Er steigt auf sein Fahrrad, ich gehe nach links. Es ist windig. Ein dichter, feiner Schnee, der in dem Licht der Laternen aussieht, als würde ein Schwarm von Staren Richtung All fliehen. Ach, Blödsinn. Es ist windig, es schneit, und das Licht ist hell. Der Schnee kitzelt auf der Nase.

Maria hat Christus geboren

Wir müssen den Sohn in der Nähe des Bundesplatzes von einer Geburtstagsfeier abholen. Das Wetter ist hässlich, wie die Mutter meines Freundes T. gesagt hätte. Das Wetter ist widerlich, wie ich sage, wie es meine Mutter sagt, und so lasse ich das Fahrrad stehen und fahre mit der Tochter U-Bahn.

Alle Sitzplätze sind belegt, wir stehen neben der Tür, und ich sehe in müde Gesichter. Die Tochter lehnt ihren Kopf an mich, sie beginnt, leise Weihnachtslieder zu singen.

An der Berliner Straße steigen wir um. Ein musizierender Mann, es ist der dritte, und man möchte das auch gar nicht mehr hören, kommt uns entgegen.

Am Bundesplatz steigen wir aus, die Bahn fährt los, und in diesem Fahrtwind sagt die Tochter plötzlich: »Ich weiß, Papa, Maria hat Christus geboren!«.

Sie sieht mich abwartend an. »Ja«, sage ich.

In ihrem Kinderladen würden sie das nachspielen, sie ist Maria, und ihre beste Freundin ist der Esel und ihre zweitbeste eine Wolke.

Der Sohn hat fünfzig Kilo Schokolade gegessen, war Schlittschuh laufen, und Luftschlangen liegen um seinen Hals gewickelt. Er sieht erschöpft und glücklich aus.

Die Mutter von R. ist mit dem Auto da, sie wohnen bei uns um die Ecke, sie nimmt uns mit. Als wir aussteigen, ist der kleine Rasenplatz vor dem U-Bahnhof abgesperrt, und vier große, kräftige Männer in Blaumännern laden schweigsam Weihnachtsbäume aus einem Sattelschlepper.

Auf diesem Rasenstück hatte vor einer Woche der Mann, der den Sommer auf dem Platz verbrachte, ein kleines Zelt aufgestellt, in dem er übernachtete. Ich sehe mich um, der Mann ist verschwunden.

Ich erinnere mich an den Weihnachtsbaumverkäufer von vor drei Jahren, der keine Schneidezähne mehr hatte. Ich verhandelte mit ihm, und als der Preis für uns beide stimmte, sagt er: »Ach, weeßte, keene Kinda und dreimal Urlaub im Jahr, jetz' ma' ehrlich, dit sind doch arme Schweine!«

Hau die um!

Sieben Freunde hat der Sohn zu seinem Geburtstag eingeladen. E. hatte seine Hilfe angeboten, ich hatte sie angenommen.

In einer langen, lärmenden Schlange fahren wir mit den Fahrrädern zu Huxleys Neue Welt und laufen die Stufen zu der Bowling-Anlage hoch. Neben jeder Bahn kann man an einer Tastatur die Spielernamen eingeben, die dann auf den Monitoren über den Bahnen angezeigt werden, dahinter erscheint die jeweilige Punktezahl. Ehe ich begreife, was zu tun ist, haben die Jungs bereits beide Monitore aktiviert, dann tippt einer nach dem anderen seinen Namen ein. Zwei Mannschaften werden gebildet.

Zwei Kinderbahnen sind reserviert. Die Bahnen sind seitlich begrenzt, sodass keine Kugel ins Aus rollen kann. Alle Kugeln kommen am Ende der Bahn an, nur selten trifft eine nichts. Nach jedem gelungenen Wurf wird sich abgeklatscht, umarmt. Hängt eine der Mannschaften hinterher, bilden E. und ich den Fanblock und brüllen: »Hau die um!«

Zwei kleine, stämmige Männer belegen neben uns eine Bahn. Sie haben ihre eigenen Kugeln mitgebracht, die sie aus speziellen Kugeltaschen holen. Bevor sie den ersten Wurf machen, polieren sie die Kugeln mit einem Kugeltuch. Beide tragen Jeans und dunkelblaue Poloshirts und haben Gesichter, die aussehen, als würden sie nach ein oder zwei Stunden Bowling Fleisch mit Fleisch essen und danach eine Kneipe leer trinken. Vielleicht hat der eine auch den kompletten Proust gelesen, vielleicht erforscht der andere Nervenkrankheiten. Profis sind sie auf jeden Fall. Alle Neune bei jedem dritten Wurf. Es ist normal, sie freuen sich nicht mal.

Eine der beiden Seitenbegrenzungen hat sich gesenkt und E. zieht sie mit zwei Fingern wieder hoch, wobei er sich den Zeigefinger quetscht. Das Blut tropft auf den Boden der Bahn.

Die Kinder versammeln sich um E. und einer fragt, ob E. ein Pflaster brauche.

»Hey«, ruft uns einer der beiden Männer zu und wirft sein Kugeltuch herüber: »Wegmachen!«

Excuse me, Sir

»Ich habe zwei Monate lang nur Scheiße geschrieben«, sagt mein Bekannter aus Brüssel, der für einige Tage in Berlin ist.

Wir sitzen am Weinbergspark vor einem Imbiss, kein schöner, aber ein angenehmer Ort. Eine Art Flucht vor den spätpubertierenden Horden, die Richtung tieferer Mitte ziehen, vor den kinderlosen Freiberuflern, die Gespräche führen, die wir nicht hören wollen.

»Sag mal«, fragt der Wahl-Belgier, der eigentlich aus Hessen stammt, »gibt's hier überhaupt noch Berliner?«

Bevor ich antworten kann, fängt er an zu lachen, weil er seine Frage komisch findet.

Und dann steuert so ein Kamikaze-Hipster, Jutebeutel, Kokain-Chic-Klamotten, eine Frisur wie eine Wucherung, auf uns zu, bleibt an unserem Tisch stehen und begutachtet uns. Sein Gesicht sieht aus, als würde er nach einer Woche Zelten das erste Mal so etwas wie Hoffnung verspüren. Würden wir den jetzt erlegen und einfrieren, bekämen wir spätestens in zwei Jahrzehnten von einem Museum einen Haufen Kohle für ihn.

»Excuse me, Sir«, wendet er sich an Brüssel, »do you speak English?«

Und Brüssel fängt wieder an zu lachen und ruft: »Auf gar keinen Fall!«

Der Hipster bedankt sich mit einem »Thank you, Sir« für die Antwort.

Brüssel sagt, dass Berlin super sei, und fragt noch mal, ob es denn überhaupt keine richtigen Berliner mehr gäbe.

»Doch, da!«, sage ich und deute kopfwendend auf den Blaumannträger, der wankend den fünf Meter breiten Gehweg braucht. Der Typ stoppt vor der Parkmauer, fummelt eine Ewigkeit an seiner Hose herum und pisst dann gegen ein abgestelltes Fahrrad. Der braucht keinen Flughafen, kein Hauptstadtgefühl, keine drei Opernhäuser und keine Mannschaft in der ersten Liga. Außerdem hat er das Fahrrad sicherlich nur mit einem Busch verwechselt, also alles gut.

We are sailing

Mein Bekannter aus Brüssel ist verliebt in den alten Westen. Die Nacht über wird er nicht überdrüssig, das immer wieder zu betonen.

Einer seiner Lieblingsorte ist das Haus der 100 Biere am Kurfürstendamm. Da sitzen wir und trinken schnöde Berliner Plörre. Nach zwei Stunden stiefeln wir in eine Seitenstraße, biegen rechts ab und landen in einer Kneipe. Seitlich des Tresens ein Wandgemälde, eine von sechs Rössern gezogene Bierkutsche, darunter steht: »Lang war der Tag und hart, drum trinken wir ein Engelhardt.«

Brüssel ist begeistert und noch fröhlicher, als ich bestätige, dass es sich tatsächlich um ein original Westberliner Gebräu handele. Auf dem verschachtelten Weg zu den Toiletten hängen Kopien von Matthias-Koeppel-Bildern.

Ich will was notieren und frage die Bedienung: »Ham Se ma' 'nen Stift?«

»Männlich oder weiblich?«

Lange stehen wir auf der Leitung, dann lachen wir auf, es ist nicht witzig.

Die Frau sagt: »Na, dit hat ja lange jedauert!«

Zwei Typen vor den beiden Spielautomaten, der eine sagt

enttäuscht: »Stundenlang spielt man fuffzich, und nüscht passiert!«

Der Fette am Tresen: »Für'n Stundenlohn von zwanzich Euronen mach' ick dir ooch Wind.«

Der Dünne, drei Meter weiter: »Ich hatte auch mal 'ne Frau kennengelernt, die hatte drei Frettchen zu Hause, und nachts haben die immer in ihrem Bettchen geschlafen, und dann kam ich dazwischen, und dann sind die immer über meinen Rücken gelaufen.«

Die Bedienung, eine Schultheiß-Bombe schwenkend, brüllt: »Manfred, wo biste?«

Aus der Jukebox scheppert »We are sailing«.

Wir zahlen. Die Bedienung sagt »Ihr wart hier heut' meene beeden Hingucka, kommt ma' wieda!«

Draußen der Akustik-Krawall der Vögel. Das Licht verwirrend violett, auf der Schwelle zum Tag. Wir irren eine Weile umher und finden dann einen Taxistand.

»Der Westen«, sagt Brüssel und lächelt glücklich.

Kreuzberg-City

»Ich weiß ja, wie alt ich bin, nicht?«

Die andere Frau an dem Caféhaus-Tisch nickt zustimmend.

»Ja«, sagt die Ältere, »aber das ist die Kombi, verstehst du, was auch immer da ist, du musst immer nach innen hören!«

Sie schweigen und trinken.

»Für mich ist es super«, sagt die Jüngere, »das ist alles, was ich sagen kann, nichts weiter, wirklich, nichts weiter!«

»Schön«, sagt die Ältere und streichelt der anderen die Schulter.

Sie sitzen in einer Ecke, über ihnen Munchs »Schrei« und Roy Lichtensteins »Blonde«. Würde man die beiden Seiten der Sitzecke zusammenklappen, würde die Blonde den Irren stillküssen.

T., der seit zwei Wochen das erste Mal ausgeht, eine Grippe mit Nachtreter, sagt: »Ich bin so müde. Ich versteh' nicht mal, worüber die reden. Ich glaube, ich will zurück in mein Bett.«

»Du bleibst jetzt hier«, sage ich.

Drei Männer und zwei Frauen um die Vierzig betreten das Café, veranstalten, um zwei der Tische zusammenzuschieben, einen Blödsinn, der an Improvisationstheater denken lässt, und reden dann in einer Kindergarten-Lautstärke über das versoffene, durchtanzte Wochenende.

Obwohl die so aussehen, als könnten sie niemals Kinder haben, steht plötzlich eine zehnjährige Pippi-Langstrumpf-Imitation vor deren Tisch und sagt: »Mama, ich habe gerade Sarah getroffen.«

»Ja, und?«, sagt die Mama.

»Kann sie«, fragt Langstrumpf, »auch ein Eis?«

»Klar«, sagt Mama, zieht einen Zweihunderter aus der Hosentasche, drückt ihn dem Mädchen in die Hand, befeuchtet ihren rechten Zeigefinger mit Speichel und reibt der Tochter über die linke Wange, auf der in roter Farbe ein Kleeblatt leuchtet.

Multitasking

Der Sauger und Wasser von links, der Bohrer von rechts. Die Betäubung war wohl etwas zu hoch dosiert, und so liege ich da und lasse das alles mit mir machen.

Ein bis zwei Stunden würde es dauern, wie die Zahnärztin zuvor gesagte hatte, und dann sagte sie noch: »Sie wissen, öfter mal bis in den Bauch atmen, und die Schultern unten lassen, also das«, sie lacht lauthals, »was man ohnehin des Öfteren tun sollte.«

Ich finde das nicht witzig, überhaupt nicht. Das ist nun bitterer Ernst, ich werde in den Bauch atmen, konzentriert und gleichmäßig, ich werde die Schultern unten lassen, konzentriert und gleichmäßig.

Es geht los, und sie erzählt gut gelaunt von ihrer Tochter, die früher in der Nähe der Bergmannstraße gewohnt habe und nun aber woanders und abends mittlerweile auch ganz woanders ausgehen würde, aber wo, das wisse sie nicht genau, und die Bergmannstraße, die habe sich auch erheblich verändert, sehr zum Vorteil, da gebe es ein interessantes Angebot.

Und sie redet und redet, und ich denke, warum, herrje, redet die Frau, als hätte sie seit Ewigkeiten nicht geredet, und da, da gegenüber sitzt doch die Zahnarzthelferin, die ja eine Helferin in der Berufsbezeichnung hat und auch in solchen Dingen helfen könnte. Das muss doch pure Strategie sein, denke ich, die gehört zu den Guten, die will mir helfen, klar.

Und der Ku'damm, der keine 200 Meter entfernt ist, habe sich sehr schlecht entwickelt.

Ich sacke innerlich etwas weg. Die Betäubung scheint noch stärker zu werden. Ich denke: Multitasking, reden und bohren, hoffentlich kann sie das. Ich kann nicht mal liegen und richtig zuhören.

Fünfmal H&M, dreimal Zara, das sei nicht schön, das sei doch langweilig.

Ich bin benebelt und drifte mit den Gedanken weg. Als ich wieder bei mir bin, steht sie vor mir mit einer Pistole, die mit einer blauen Masse geladen ist: »Keine Angst, das ist für den Abdruck!«

Ich sage: »Sie sehen aus wie Schwarzenegger.«

Verdammter Milchreis

Das Fahrrad des Sohns hat einen Platten.

Einer der besten Verleger dieses Landes steht vor Netto und unterhält sich. Würde er auf die andere Straßenseite gehen, wechselte er den Bezirk, macht er also nicht.

Der Sohn beschwert sich ein drittes Mal, dass er nicht fahren könne.

Ich sage, dass ich ihn verstehen würde, wir nun aber laufen müssten.

Wir warten an einer Ampel, neben uns zwei Frauen in meinem Alter.

»Was soll ich in Clubs? Ich hab' Kinder!«, sagt die eine.

»Ohne Kinder kann man besser tanzen«, sagt die andere.

»Und wer schläft dann?«, fragt die eine.

»Macht dein Mann!«, sagt die andere.

Die Ampel schaltet auf Grün. An der nächsten Ampel steht der Sänger einer deutschen Indieband und telefoniert, er telefoniert immer, wenn ich ihn sehe. Ich glaube, er legt erst kurz vor seinen Auftritten auf.

Kurz darauf kommt uns ein Schriftsteller entgegengerannt, zwei Bierflaschen in der einen Hand, in der anderen ein Exemplar seines neuen Romans. Er ruft, er habe keine Zeit, und vorbei ist er.

Der Sohn beschwert sich ein weiteres Mal, dass er nicht fahren könne. Dann haben wir den Fahrradladen erreicht. Sie flicken den Reifen innerhalb von fünf Minuten. Wären wir zu Hause, hätte ich nur wenige Minuten und hundert Flüche länger gebraucht.

Wir steigen auf die Räder, holen die Tochter vom Kindergarten ab und fahren nach Hause.

»Gut«, sage ich, »was wollt ihr essen, heute freie Wahl!«

Und wir rufen laut und zu dritt »Milchreis!«

Verdammter Milchreis, denke ich. Die beiden sitzen am Küchentisch und malen.

»Was sind deine Lieblingsfarben?«, fragt der Sohn.

Die Tochter überlegt nicht lange: »Blau, Schwarz, Grün, Gelb!« Sie sieht hinüber zu der Orchidee, die auf dem Kühlschrank steht. »Und Lila und Pink!«

»Und welche Farbe«, frage ich, »findest du am allerbesten?«

Zwei dünne Falten bilden sich auf ihrer Stirn, dann sagt sie: »Silber und Glitzer!«

Zum Mitnehmen?

Es ist kurz nach acht an einem Montagmorgen in der U7. Eine Frau verhandelt lautstark über den Preis einer Urne am Telefon. Ihre Haare sind lang und haben eine Farbe, die in der Schöpfung nicht vorgesehen war. Ihr Begleiter sitzt neben ihr, als wäre er auf Stand-by gestellt worden, zwischen seinen Füßen drei Einkaufstüten.

»Wat?«, ruft die Frau, »Inner Tüte? Nee! Ja. Wart' mal!«.

Sie streichelt dem Mann schnell über den Rücken.

»Nee, nich' aus Keramik, wenn die runterfällt, geht die gleich Schrott, nee!«

Sie legt auf. Wieder streichelt sie den Mann.

Schnell wenden die vier jungen Männer aus Oberbayern in Multifunktionsjacken, die laut sprechend in den Wagen stiegen und dann rasch verstummten, ihre Blicke ab.

Gegenüber zwei Mädchen mit drei Smartphones, in der freien Hand einen Muffin mit einer kleinen Geburtstagskerze.

»Und ich dann so zu ihm: Du bist behindert und er dann so: nüscht!«

»Nüscht?«

»Der hat nüscht gesagt!«

»Krass!«

»Krass!«

Ich steige an der Berliner Straße um und werde auf dem Bahnsteig von zwei Jungs auf Longboards überholt, mit denen ich in den gleichen Wagen steige. Sie reden eine Weile über ihre Bretter und Rollen. Sagt der Größere »ich«, sagt er »isch«, und reißt dabei jedes Mal seine Augen weit auf, als würde er sich darüber erschrecken, dass das wirklich er ist, der von sich behauptet, dass er ich ist.

An der Amrumer Straße steige ich mit zwei Kindergartengruppen aus und bestelle bei dem kleinen Verkaufsstand etwas zu trinken. Während die eine Verkäuferin die Milch aufschäumt, kümmert sich die andere um den Espresso.

»Und jetzt?«, sagt die eine.

»Der ist nett und so«, sagt die andere, »aber der is' der Bruder von meinem Freund!«

»Nimm den doch!«

»Sag mal, hast du wat am Kopp, der is' nett und so und lieb, und da is' auch allet dran, aber nee, nur nett, mehr nich'!«

»Zum Mitnehmen?«

»Bitte«, sage ich.

Großraumtaxi

Ich treffe meine Schulfreundin A. im Fuchsbau. Wir sitzen draußen und reden über das halbe Jahr, in dem wir uns nicht gesehen haben. Sie trägt ein gelbes Oberteil, ich ein weißes, und so wirken wir wahrscheinlich für die ansonsten Schwarz-grau-dunkel-Gekleideten wie spirituelle Botenstoffe. Kurz vor 22 Uhr werden wir nach drinnen gebeten und wechseln vor das Avril.

Fünf kofferschleppende Rheinländer stoppen vor dem Eingang und bitten die Bedienung um ein Taxi.

»Moment mal!«, hält der Älteste der Gruppe, ein Schnauzbärtiger, die Bedienung zurück. »Hier gibt es ja Kölsch, wunderbar, wir nehmen dann mal eine Runde, das haben wir in zwei Minuten aus!«

Die Bedienung nickt, lächelt süffisant, zwinkert uns zu und denkt vielleicht: Wenn euer Stangenpils fertig ist, ist das Taxi längst wieder weg und der Fahrer hat euch vorher mit unflätigster Berliner Schnauze zugetextet.

Das Großraumtaxi kommt, als das Kölsch kommt. Der Schnauzbart fragt den Taxifahrer, der ein Palästinensertuch um den Kopf gewickelt trägt, ob sie das Bier mit ins Taxi nehmen können.

Der Taxifahrer schüttelt fassungslos den Kopf und sagt: »Ey, du bist doch hier nicht in Wuppertal«, und fährt weg.

Wir wechseln in die Minibar. Nach Mitternacht, heißt ja auch Mini die Bar, ist der Raum überfüllt. Wir zahlen und bahnen uns einen Weg Richtung Straße, ich vorneweg und dann erscheint eine Sperre, ein Lederjacken- und ein Pulloverträger auf Barhockern.

Ich entscheide mich für den Pullover, tippe ihn an und sage: »Entschuldige.«

Der Pullover sagt: »Ich kann jetzt nicht, ich trinke Bier.«

Ich baue mich auf, so gut, wie ich mich aufbauen kann, und sage: »Alta, du bist hier nich' in Wuppatal, du nimmst jetzte noch 'n Schluck, und dann vapisste dich in die Kreuzberg-Ecke.« Stattdessen sage ich etwas müde. »Du bist schon erwachsen. Du schaffst das.«

Die Sperre öffnet sich.

Das war uns eine Reise wert

Wir trafen uns am frühen Abend. Die Kneipe öffnete morgens um neun und schloss abends gegen halb elf. Am Tresen saßen immer dieselben. Hinter dem Tresen stand die Frau, die die Gäste mit den Bierbomben versorgte. Manchmal schwankte einer der Stammgäste hinaus, manchmal auch einer herein. Einige kamen direkt nach der Arbeit in ihren Blaumännern. Manche hatten vom Trinken zerstörte Gesichter, rauchten in stiller Konzentration und redeten den ganzen Abend nicht. Auf den Tischen karierte Decken, Radio Energy dudelte, BZ, Bild und Berliner Kurier lagen aus.

Einmal im Monat, an jedem ersten Mittwoch, traf ich dort Freunde und gute Bekannte zu einem Stammtisch. Ein jeder Gast bekam, nachdem Bier und Bierdeckel gebracht waren, einen Block danebengelegt. Dann drehte die Frau eine weitere Runde um den Tisch und notierte auf den Blöcken den Preis des Getränks. Kam ein dummer Kommentar, schnodderte sie in einem brettharten Berlinerisch so zurück, dass wir sofort verstummten. Sie würde, wir wussten es, immer Siegerin bleiben. Das war ihre Arbeit, das waren ihre Gläser, ihre Stühle. Sie wollte nicht reden, sie wollte Bier bringen, unkompliziert und schnell und genau mit diesem Bezahlsystem.

Ein alter Mann mit nur noch einem Schneidezahn hatte seinen Stammplatz an einem der kleinen Tische, an denen man vorbei musste, um zu den größeren zu gelangen. So ging man zwischen den gekrümmten Rücken der am Tresen Sitzenden und diesem Mann entlang. Weltpolitisch war er stets auf dem Laufenden und tat es halblaut kund.

Einmal regte er sich so ungeheuerlich über Hartz IV auf, dass sich einer der anderen Stammgäste darüber bei der Bedienung beschwerte.

Sie verharrte in der Bewegung des Zapfens, sah langsam auf, dem Mann ins Gesicht, als würde sie sagen wollen: Regel das doch selbst, und sagte dann genervt, weil auch einfach alles, was sie sagte, genervt klang: »Kennst doch Jürgen, keene Zeene im Maul, aba ›La Paloma‹ pfeifen!«

Der Tresen grölte los, sieben alkoholsüchtige Männer, mit denen man keinen Staat gründen möchte und die seit Stunden kaum geredet hatten. Dann ging die Frau um den Tresen herum zu Jürgen, streichelte seine Schulter und flüsterte ihm etwas zu, worauf in Jürgens Gesicht ein Lächeln trat.

Fünf Jahre lang waren wir hier, jeden Monat einmal. Sechzigmal erlebten wir den Auftritt des Paten. Immer kam er gegen halb zehn, nahm sich die Weltpresse und setzte sich an den kleinsten aller Tische, der zwischen Tresenende und Garderobentrennwand stand. Seine Jacke war die Einzige, die dort hing. Dann brachte ihm die Frau, die sich ansonsten wie ein Stück Holz bewegte, mit einer völlig anderen, nahezu geschmeidigen Körperhaltung ein kleines Bier. Womöglich gehörte ihm die Kneipe, vielleicht war er nur der älteste aller Stammgäste. Wir haben nie gefragt, es war nicht wichtig, er war da. Sie setzte sich zu ihm. Sie unterhielten sich kurz. Dann las er die Zeitung, trank das Bier und ging.

In den ersten beiden Jahren, als man noch gleichzeitig essen und rauchen durfte, gab es Boulette mit Brot und Ketchup oder Wiener Würstchen mit Brot und Senf. Bestellten wir davon etwas, murrte die Frau und wurde leicht hektisch.

Als die bestellten Würstchen einmal noch kalt waren, sagte sie: »Ick bin keene Köchin, ick mach' hier dit Bier!«, räumte die Pappen wieder auf das Biertablett und sagte noch: »Mann mann!«

Eine halbe Stunde später hatten wir die heißesten Würstchen in der Geschichte dieser Kneipe vor uns.

Als sie die Pappen irgendwann wieder abräumte, fragte sie: »War jut?«

Sie fragte sonst nie. Nun tat sie es. Ausführlich lobten wir ihre Würstchen, worauf sie sich umdrehte und wieder: »Mannmann!« sagte.

Dann gab es irgendwann kein Essen mehr.

»Hier wird jetzt geraucht«, sagte die Frau.

Und damit war alles erklärt.

Im Sommer standen drei Tische draußen. Konnten wir zwei der Tische belegen, war es ein Fest, und wir sahen auf die viel befahrene Kreuzung. Am Himmel über der Kreuzung sahen wir das Licht verschwinden.

Ich weiß nicht, wie oft ich diese Straßen im Übergang zur

Nacht fotografierte. Ich finde die Neigung des Großstädters albern, an großen Straßen etwas zu trinken und sich dabei entspannen zu wollen.

Hier taten wir genau das. Schließlich hatten wir diese Kneipe im Rücken. Diese Kneipe war der mächtige Rücken, an dem wir lehnten.

Ein paar Mal konnte ich nicht kommen. An einem dieser wenigen Mittwoche wurde Fasching gefeiert, viele Frauen seien dagewesen, und R. wurde zum Tanzen aufgefordert, und er tanzte. Luftschlangen seien durch die vollgequalmte Luft geworfen, Hütchen getragen worden, die Musik sei laut gewesen.

Ich stellte mir das alles vor. Wie gern hätte ich diese Kneipe einmal so völlig anders gesehen. Wie gern hätte ich R. dort tanzen gesehen. Ich liebte diesen Ort. Er war schroff, manchmal war er hart wie eine Faust, die doch niemals zugeschlagen hätte. Manchmal war er sanft und weich. Dieser Ort, so wünschte ich mir das, war schon immer da.

Während alle anderen sympathischen Kneipen, die wir kannten, entweder schlossen oder sich irgendwann glichen wie Saturn und Media Markt, blieb hier alles an seinem Platz. Der Tresen blieb Tresen, die Wände konnten eh nichts machen, die Tische blieben Tische und trugen karierte Decken. Manchmal stellten wir uns vor, wie hier schon vor fünfzig Jahren Männer raus- und reingewankt waren.

Diese Kneipe war uns eine Reise wert. Wir kamen vom Wannsee, aus Friedenau, Schöneberg, Neukölln und Kreuzberg, die andere Hälfte wohnte in der Nähe. Wir blieben, bis die Frau uns hinausbat.

In einem Winter halfen wir ihr, die Stühle auf die Tische zu stellen. Natürlich bedankte sie sich nicht. Als sie die bereits geschlossene Tür wieder aufschloss und uns hinausließ, nickte sie dreimal. Sie sah dabei genervt aus.

Bei einem unserer letzten Treffen in dieser Kneipe standen plötzlich vier Menschen in unserem Alter in Trainingsjacken vor dem Tresen. Die vier öffneten die Jacken fast gleichzeitig, und einer der beiden Männer trug ein T-Shirt, auf dem stand: »Die Revolution haben wir uns anders vorgestellt«.

Wir starrten auf die Neuankömmlinge, und F. sagte sehr laut »Ach du Scheiße, Studenten!«

Dann erklärte er in seiner Erregung viel zu ausführlich, dass wir Künstler die Orte finden, dann die Studenten kämen und dann das Geld. Dass hier schon Bierbomben über den Tresen gereicht worden seien als wir noch nicht mal richtig sehen konnten, geschweige denn geplant waren oder sich unsere Eltern überhaupt gekannt hatten, nein, dieser Einwand interessierte ihn jetzt überhaupt nicht.

Das große Ding war da, nun auch hier.

Von Monat zu Monat wurde das Publikum jünger. Mehrmals hörten wir den Ausruf »Ist ja cool hier!« und sahen uns ausdruckslos an.

Die Männer in den Arbeitsklamotten kamen nicht mehr.

B. hatte gehört, dass die Kneipe in einem Reiseführer als Berliner Original erwähnt wurde.

Die Tresentrinker blieben sitzen und freuten sich, es war an ihren Gesprächen zu erlauschen. Nun redeten die, die sonst kaum redeten. Die Frau hatte sehr viel zu tun und war genervt. Dass sie genervt war, fanden auch die toll, die hier nun neu waren. Radio Energy dudelte, BZ, Bild und Berliner Kurier lagen aus. Der Bierpreis war gestiegen, zehn Cent, dann zwanzig. Sie hätten das Doppelte nehmen können, das Dreifache. Sie machten es nicht, nein, es war eine alte Arbeiterkneipe. Es war sehr laut. Wollte man pissen gehen, wollten vor einem noch drei andere. Zum Glück sah das Klo noch immer so aus, als wäre es ein Bahnhofsklo aus den frühen Achtzigern.

Wir hörten und sahen, wie sich Menschen kennenlernten und gemeinsam gingen. Ungewollt hörten wir lautstarke Gespräche über attraktive Dozentinnen mit.

Wir redeten darüber, wie es hier früher war, viel zu oft redeten wir darüber. Ältere Gestalten waren wir geworden.

An dem letzten Abend, von dem wir noch nicht wussten, dass es der Letzte sein würde, bestellten wir Bier, tranken, rauchten, bestellten Bier und redeten kaum, bis wir irgendwann verstummten. Wir hätten die Männer vorne am Tresen ersetzen können. Dann begannen wir doch wieder zu reden. Es war ein kurzes Gespräch. Danach zahlten wir, gingen raus, umarmten uns und verteilten uns auf Straßenbahn und Fahrräder. Der Mond stand hoch. Die Nacht war lau.

Diese Kneipe hat uns nicht mehr geliebt, aber sie ist geblieben. Was sollte sie anderes tun? Wir haben sie nicht mehr geliebt, also sind wir gegangen. Das war es, ganz einfach. Wir würden eine andere finden.

Ich fuhr los, Richtung Alexanderplatz. Ein Sattelschlepper überholte mich. Ich hielt kurz an. Ich starrte eine Weile auf den Fernsehturm, der so wirkte, als hätte ein Riese eine Nadel in die Mitte einer Stadt gedrückt. Ich setzte die Kopfhörer auf, stellte die Musik laut und fuhr wieder los.

Beim Vadder

Der Arzt richtet sich auf, schnauft, humpelt drei Schritte Richtung Arzneischrank, bleibt kurz stehen und sagt stöhnend: »Ach, Vadder!«

Ich hatte keinen Termin und hatte eine Stunde warten müssen. Ich hatte in der Gala und der Brigitte herumgeblättert und hin und wieder auf das Regal gesehen, über dem ein vergilbtes Schild mit der Aufschrift »Tauschbörse« angebracht war. In dem Regal standen eine kleine, trübe Vase und zwei Bretter darunter ein zerfleddertes Taschenbuch von Uta Danella.

Drei Frauen hatten mit mir gewartet: Eine zitterte leicht, eine saß still, einen Gehstock an ihren rechten Oberschenkel gelehnt, die dritte schimpfte leise vor sich hin, dass es viel zu lange dauern würde und dass es das früher beim Doktor nicht gegeben hätte.

»Ach, Vadder!«, sagt er, als er sich stöhnend wieder an seinen Schreibtisch setzt.

Während der Sommer mit seinen ersten heißen Tagen protzt, hatte ich eine Grippe bekommen. Ich sage, dass ich eigentlich nur eine Krankschreibung bräuchte, alles andere sei klar. Er sieht mich aufmerksam an, dann belustigt, dann schiebt er meine Äußerung mit einer langsamen Handbewegung beiseite.

Der Mann ist mein Hausarzt. Ein alter, helfender Gott, der flucht, wenn er den Computer bedienen muss. Er beugt sich leicht vor. »Grippe«, sagt er, »wissen Sie, was das ist?«, und fügt sofort an: »Das wissen Sie nicht!«

Ich höre einen fünfminütigen Vortrag über die Grippe mit einer Akribie und Leidenschaft, dass ich auf den Gedanken komme, dass dem Mann bestimmt schon einfache Verrichtungen im Haushalt als absolute Perversionen vorkommen. Die komplizierteren Varianten der Grippe klammert er bewusst aus, das würde viel zu weit führen. Ob ich noch Fragen hätte. Ich drücke seine klobige Hand, bekomme die Krankschreibung und gehe Obst und Saft einkaufen.

Carsharing

Ich habe in diesem Jahrzehnt zu wenig geschlafen. Ich habe letzte Nacht zu wenig geschlafen. Ich blicke auf.

Zwei Mädchen stehen vor mir. Ob sie mir einige Fragen zu meinem Beruf stellen dürfen.

»Braucht ihr das für die Schule?«

Sie nicken synchron. Wie mein Beruf genau bezeichnet sei? Was ich den ganzen Tag zu tun hätte? Ob ich mich heute für einen anderen Beruf entscheiden würde?

Ich sage »Ja.«

Welches Auto ich mir von dem Gehalt leisten könne?

Ich sage: »Ich fahre Fahrrad.« Ich überlege kurz, ob ich ihnen sagen solle, dass ich Carsharing nutze, aber dann müsste ich erklären, was das ist, und dafür bin ich zu müde. Ich nicke noch mal und sage, dass ich kein eigenes Auto brauchen würde, nur mal von hier nach da, und das würde ich mir dann ausleihen.

»Ist das alles?«, frage ich.

Die beiden sehen zufrieden aus, sie haben keine Fragen mehr. Die eine kichert, die andere faltet den Fragebogen vorsichtig zusammen und steckt ihn in die Seiten eines Buches. Physik, sicherlich, auf dem Cover sehe ich einen Blitz, daneben eine Glühlampe. Physik in der Schule war das, was ich nur schwer verstanden habe.

Was sie selbst mal werden wollten, frage ich.

»Polizistin«, sagt die, die ein geblümtes Kopftuch trägt.

»Ärztin«, sagt die andere, die eine wasserstofffarbene Betonfrisur hat.

»Das ist gut«, sage ich, »dann könnt ihr euch bestimmt ein Auto leisten, wenn ihr eins wollt.« Die beiden lächeln.

»BMW«, sagt die angehende Ärztin.

»Und du?«, frage ich die andere.

»Mercedes«, sagt sie.

»Welches Auto finden Sie am besten?«, fragt die Polizistin.

Ich finde Autos am besten, in die zwei oder drei Kindersitze passen und die uns schnell und sicher von da noch dort bringen, bei denen man CDs einlegen kann und die beim Einparken zu Piepen beginnen, wenn man etwas anderem zu nah kommt, aber am allerbesten finde ich Taxis. Aber das sage ich nicht.

Schnaufen

Wir blinzeln der Sonne entgegen. Wir haben Sportsachen an, ein bisschen neu und anders sehen wir aus.

Auf der Admiralsbrücke sitzen die in der Sonne herum, die nicht ahnen, dass die Sonne auf einem Feld in Brandenburg viel besser ist. Wir werden laufen, ja, das kann man in Brandenburg auch besser, überall.

Nach zweihundert Metern tun die Beine weh, verdammt, ich war Langläufer, alles weg. Über dem Hafenbecken ein Schwarm Krähen, eine heraufziehende Wolkenbank aus Südwesten. Wir laufen, wir schnaufen, wir laufen. Eine Läuferin, die uns entgegenkommt, ist schwarz gekleidet, auch ihre Mütze ist schwarz, ein wenig sieht sie aus, als könnte sie alles überleben. Sie hebt ihre Hand. Ja, gut, da ist es wieder.

Als Jugendlicher bin ich stundenlang am Teltowkanal entlanggelaufen. Wir Läufer haben uns gegrüßt, ein kurzes Heben der Hand, das hat uns weitergebracht. Der Knaller war, wenn mir Uta Pippig mit ihrem Trainer, der neben ihr auf einem Fahrrad fuhr, entgegenkam. Ich hob die Hand. Sie hob die Hand. Große Sache. Ich lief Touren mit Gewichten an den Beinen, die ich mir abwechselnd an die Handgelenke legte. Ich hatte, um die Strecke zu schaffen, eine

Wasserflasche in einem Gebüsch versteckt. Zu Hause angekommen trank ich einen Liter Milch.

Das Sonnenlicht im Hafenbecken, die Trauerweiden am Ufer, Pärchen, die Händchen haltend schlendern. Die Hälfte ist geschafft, ich möchte keine Milch, Uta Pippig wäre jetzt egal, Gewichte, das sollen andere machen, ich möchte diese Runde schaffen. Wir schnaufen gleichmäßiger. Ein Bekannter kommt uns joggend entgegen, wir erkennen uns erst, als wir schon fast aneinander vorbei sind und rufen uns ein Hallo zu.

»Meine Fresse«, sage ich, »sah der fertig aus!«

Wir werden von einem Mann, der mit drei Schäferhunden unterwegs ist, überholt. Die Hunde hecheln.

Im Club

Die Schule ruft an. Der Sohn ist beim Toben gestürzt und hat eine Platzwunde am Kopf. Ich lasse alles stehen und liegen und hole ihn ab.

Die Wunde ist nicht groß, die Blutung gestillt. Er sieht blass aus. Ich entscheide, dass wir ins nächste Krankenhaus gehen. Ich schiebe sein Fahrrad, während er einen Schokoriegel isst, den ihm ein Freund zum Trost geschenkt hat.

Wir betreten die Rettungsstelle des Urban-Krankenhauses. Hinter der Anmeldung sitzt eine junge Frau. Ich grüße sie, sie grüßt zurück und ordnet konzentriert ihre Papiere weiter. Tackert, klebt und richtet Briefumschläge zu einem ordentlichen Haufen.

»Entschuldigung«, sage ich, »ist das hier die Erste-Hilfe-Stelle?«

»Ja«, sagt sie, »Entschuldigung, ich beeile mich!«

Ich gebe einige Daten an, dann sollen wir uns gedulden.

»Wie lange?«, frage ich.

»Zwei bis drei Stunden«, sagt sie, und ehe ich etwas sagen kann, deutet sie wortlos von sich weg. Ich drehe mich um, der Wartebereich ist völlig überfüllt: müde Erwachsene und überdrehte Kinder. Ich setze mich mit dem Sohn etwas abseits neben eine Frau in meinem Alter, die ihren halbjährigen Sohn, der an der Stirn verletzt ist, auf dem Schoß hat. Kurz darauf wird das Kind der Frau zur Erstsicht aufgerufen. Kind und Frau kommen nicht wieder. Dann wird der Sohn aufgerufen.

Ich scherze mit der Ärztin und frage dann, ob wir vielleicht auch woanders warten können. »Das da vorne ist nicht so …«

Sie unterbricht mich: »Versteh' ich!« Sie lächelt und öffnet eine Tür. In dem Flur sitzt die Frau mit ihrem Sohn.

Nach fünf Minuten sind wir dran. Der Arzt will nähen, die Krankenschwester schlägt vor zu kleben.

»Wer von Ihnen hat Kinder?«, frage ich.

Die Krankenschwester klebt.

Als wir nach Hause laufen, sagt der Sohn: »Ich bin jetzt mit Ben und Jonas in einem Club!« »Was für ein Club?«, frage ich.

»Platzwunde«, sagt er.

Mein herzlicher Dank gilt denen, die mich in diesen Texten begleitet haben.

Ein besonderer Dank an Ulrich Gutmair, der die meisten dieser Texte in der Rubrik »Berliner Szenen« in der taz veröffentlichte, und mir damit bei der Zusammenstellung dieses Buches enormen Rückenwind gab.

Dieses Buch gehört A. und T., für später.

B. K., im Sommer 2014